Las buenas noches

Seix Barral Biblioteca Breve

Isaac Rosa

Las buenas noches

Obra editada en colaboración con Editorial Planeta – España

Composición: Realización Planeta

Bajo el sello editorial SEIX BARRAL M.R.
Avenida Presidente Masaryk núm. 111,
Piso 2, Polanco V Sección, Miguel Hidalgo
C.P. 11560, Ciudad de México
www.planetadelibros.com.mx

Primera edición impresa en España: septiembre de 2025
ISBN: 978-84-322-4875-7

Primera edición impresa en México: octubre de 2025
Primera reimpresión en México: diciembre de 2025
ISBN: 978-607-39-3349-0

Esta obra ha recibido una ayuda a su creación del Ministerio de Cultura de España a través de la Dirección General del Libro, del Cómic y de la Lectura

Impreso en los talleres Impresora Tauro, S.A. de C.V.
Av. Año de Juárez 343, Colonia Granjas San Antonio, Iztapalapa
C.P. 09070, Ciudad de México.
Impreso en México – *Printed in Mexico*

Mon père ne dort plus
sans prendre ses calmants,
maman ne travaille plus
sans ses excitants

Téléphone,
La bombe humaine

Los que dormimos mal estamos condenados a leer el libro de la noche.

José María Merino,
Tres semanas de mal dormir

[00:34]

No podemos dormir. Cada noche retrasamos la hora de acostarnos, cada noche nos vamos antes a la cama, cada noche lo hacemos a la misma hora y no: no podemos dormir. Tardamos en coger el sueño, lo logramos enseguida para despertarnos poco después, nos sorprende la alarma nada más cerrar los ojos. Nos sentimos llenos de energía y por eso no podemos dormir, nos sentimos agotadas y por eso no podemos dormir. No podemos dormir porque somos jóvenes y las jóvenes no duermen mucho, no podemos dormir porque somos viejos y los viejos no duermen tanto, no podemos dormir porque estamos en la mediana edad y es cuando peor se duerme. Tenemos calor, tenemos frío, giramos cambiando de postura, boca arriba, sobre el costado derecho, con los brazos haciendo almohada y no podemos dormir. Colocamos un cojín entre las piernas, nos tapamos y destapamos, nos incordian pequeños calambres, cosquilleos, picores acuciantes, pliegues y costuras, el guisante bajo veinte colchones, y no podemos dormir. Permanecemos inmóviles, nos concentramos en relajar el cuerpo, conseguimos una postura donde nada duela ni pique, y tampoco podemos dormir. Oímos un zumbido, casi imperceptible y por tanto ineludible, un pitido profundo, un ronquido vecino, un bebé llorando tan remoto y desatendido que pareciera imaginario. Oímos una motocicleta llegar desde lejos, muy lejos, acerrcarrse rrrascando el aire, desquiciarrrr la noche del barrrrrio, alejarrrrse burrrlona trras el destrozo, apagarse lentamente como despeñada. Oímos ladridos, gritos de borrachos, voces de socorro que nadie atiende, discusiones familiares a deshoras, gemidos de placer siempre sobreactuados. Oímos crujidos de muebles, motores de nevera, canicas fantasmales rodando en el piso de arriba, patitas correteando repugnantes por el doble techo, un puto mosquito. No oímos nada y entonces escuchamos nuestro pulso, nuestros zumbidos y crujidos internos, el corazón delator. Nos molesta quien duerme a nuestro lado: su agitación o su quietud, su respirar sereno o ronco, su preocupación excesiva por nuestro insomnio (¿estás despierto?) o su insultante indiferencia, su deseo apremiante o su deseo extinguido, su presencia achicando la cama pero también su ausencia agrandando el colchón. Recordamos. No podemos dormir y entonces recordamos: lo sucedido en el día, con detalle de cronista; lo sucedido en la última semana, en el último año, en nuestra vida toda. Recordamos: reconstruimos situaciones, conversaciones enteras, nos alcanza intrusivo el recuerdo de alguien después de tantos años. Recordamos, entretenemos el insomnio con rankings y recuentos cronológicos, como el clásico contar ovejas: contamos y recontamos amores, bocas besadas, cuerpos con los que follamos alguna vez, muertos cercanos, empresas donde trabajamos, países visitados, casas, mudanzas. Fantaseamos. No podemos dormir y entonces fantaseamos: lo que pudo haber sido, recreamos universos paralelos y vidas condicionadas por una decisión o un accidente, quiénes seríamos hoy, qué habría pasado si. Fantaseamos: recuperamos conversaciones ya irremediables para corregirlas, mejorarlas, añadir lo que debimos decir y no dijimos, el espíritu de la escalera, de todas las escaleras de nuestra vida; imaginamos las nuevas réplicas y nuestras brillantes contrarréplicas, hacemos justicia, devolvemos golpes, seducimos con éxito. Anticipamos. No podemos dormir y entonces anticipamos: el día de mañana, la semana nueva, programamos con precisión horaria, repasamos obligaciones, visualizamos situaciones incómodas, simulamos conversaciones a las que esperamos llegar con las respuestas ya ensayadas. A veces es el dolor, que no nos deja dormir: no podemos dormir porque nos duele algo, nos duele todo, nos duele a ratos, nos duele siempre, nos acostamos ya doloridos, nos asalta en mitad de la noche: duele la enfermedad, duele la enfermedad que inflama, irrita, acalambra, punza, arde, necrosa, altera células; duele el dolor localizado y el de origen incierto que irradia el cuerpo entero, duele la espalda herniada y duele la sien migrañosa, duele todo lo que de día casi no percibimos y que de noche, sin otras distracciones, recibe más atención del sistema nervioso: duelen las articulaciones artrósicas y artríticas, duelen las piernas varicosas, duelen las viejas cicatrices, duelen los huesos al crecer y los huesos al pudrirse, duelen los dientes descuidados y que al pasar la lengua se mueven muy lenta, casi engañosamente, como en viejas pesadillas; duele la vejez, duele la pobreza del colchón añoso y duele el cuerpo agotado de trabajar; duele también lo insignificante, duele lo ridículo en el cuerpo sano, el golpe diurno del que solo nos resentimos de noche; duele el cuerpo por ser cuerpo, duele el cuerpo en la noche a pesar de antiinflamatorios y analgésicos, duele a pesar de años de medicación diaria tan bien organizada en el pastillero, duele incluso con cuidados paliativos, duele hasta un instante antes de la muerte sin poder dormir. No podemos dormir porque tenemos familiares enfermos cuyo cuidado nos agota y nos enfurece y nos hace odiarlos y desear su muerte, matarlos nosotros mismos, la almohada en la cara; no podemos dormir porque somos nosotros los enfermos que agotamos y enfurecemos a nuestras cuidadoras y tememos que nos acaben odiando y deseando nuestra muerte, la almohada en la cara. Ah, y el amor, a veces es el amor el que no nos deja dormir: no podemos dormir porque estamos enamorados, no podemos dormir porque ya no nos aman, no podemos dormir rechazados, deseadas, engañados, abandonantes, abandonadas, enfermos de rencor, incapaces de olvidar pese a perdonar, desvelados por el deseo o el desprecio, repasando mentalmente el último encuentro, paso a paso, con todo detalle: qué hizo, qué dije, cómo aquel beso; imaginando próximos encuentros, inventando conversaciones, interpretando señales equívocas, discutiendo con un fantasma, seduciendo a un fantasma, excitándonos con un recuerdo o una fantasía hasta masturbarnos. Y los hijos, y los padres, que tampoco nos dejan dormir: no dormimos porque tenemos hijos que crecen y padres que envejecen: no dormimos porque tenemos hijos pequeños que tosen, lloran, se destapan, hay que comprobar si siguen respirando, se meten en nuestra cama donde pueden ser fatalmente aplastados y asfixiados y abusados en la confusión del sueño; adolescentes que nos rechazan o que nos demandan un amor que no tenemos, que esperan todo lo que no sabemos si podremos darles, todo lo que sabemos que no podremos darles. No dormimos porque tenemos madres y padres que envejecen y cada vez más necesitadas de ser escuchadas al teléfono, acompañados al médico, medicadas, duchados, giradas en la cama, hidratados en sus llagas, alimentadas sin que se atraganten, internados en residencias, atendidas en sus lamentos y alaridos, cogidos de la mano, sedadas, enterrados; padres que un día morirán y, como no podemos dormir, también pensamos, con mala conciencia, sin mala conciencia, pensamos en la herencia, el piso para vender y repartir entre hermanos rapaces, si no lo han vendido antes nuestros padres para pagar su propio cuidado. El dinero, que tampoco nos deja dormir: no podemos dormir porque echamos cuentas, no podemos dormir y por eso echamos cuentas: recordamos con exactitud decimal el saldo bancario que hemos visto una y otra vez a lo largo del día, el saldo que será lo primero que consultemos al levantarnos. Y el trabajo, claro: no dormimos porque no tenemos trabajo, no dormimos porque tenemos trabajo, porque no queremos perderlo, porque deseamos cambiarlo, porque trabajamos a la vez que cuidamos, porque somos autónomos, porque merecemos algo mejor, porque nos sentimos impostoras, porque nos humillan, porque humillamos, porque tenemos que obedecer, porque esperan que mandemos, porque los jefes, porque los compañeros, porque los clientes. No dormimos porque estamos agotados, exhaustas; no dormimos porque sabemos que tenemos que dormir, no dormimos preguntándonos por qué no podemos dormir, no dormimos y nos decimos que será el calor, el frío, el ruido, el silencio, el exceso de energía, el demasiado cansancio, el cuerpo al lado, el cuerpo ausente, los hijos creciendo, los padres envejeciendo, los sucesos de hoy, lo esperado mañana, la culpa, el deseo, el miedo, el amor, el trabajo, el dinero. Probamos remedios leídos en internet y no podemos dormir, calentamos infusiones de nombre relajante y foto de plácido durmiente en el envase, nos administramos gotas y grageas, chucherías de herbolario y, tras varios días de sueño exitoso, de nuevo no podemos dormir. Nos medicamos, vencemos nuestro temor y nuestro orgullo, nos rendimos a la pastilla, la dosis mínima que funciona solo un tiempo. No podemos dormir, miramos el reloj a las doce y cincuenta y dos, a las dos y cuarto, a las tres menos diez, volvemos el reloj hacia la pared, reprogramamos el despertador para salvar algunos minutos más de ese sueño que en algún momento llegará porque siempre llega. Pensamos levantarnos, nos parece mala idea levantarnos, nos acabamos levantando, encendemos luces suaves, observamos la casa que siempre es otra de noche, nos asomamos afuera para ver alguna ventana solidaria, consultamos el móvil, jugamos partidas de ajedrez con desconocidos, leemos unas pocas páginas hasta que nos entra sueño y volvemos a la cama, a la hora luminosa en la mesilla, a la postura cambiante, al cuerpo que al lado nos agobia o nos evita o echamos de menos, a los ruidos y los recuerdos tristes y los recuerdos felices y las fantasías melancólicas y las fantasías reparadoras y las fantasías furiosas y no, no, no podemos dormir.

DIARIO DEL SUEÑO, 21 DE FEBRERO

Me acuesto a la 01:20 h.

Me levanto a las 06:30 h.

Tardo una hora y media en dormirme. Dos despertares nocturnos. Total: menos de tres horas.

Dos breves siestas durante el día, involuntarias.

Dos cafés, una copa de vino. Un ibuprofeno.

Antes de apagar la luz juego al ajedrez online media hora.

[00:43]

No podíamos dormir. Así empezó todo, así nos presentamos: no puedo dormir, dijiste al sentarte a mi mesa, la única que no tenía las sillas volteadas. No puedo dormir, fue todo tu saludo y presentación, diría que con alivio de encontrarme, de encontrar a alguien despierto, alivio de saber que no eras la única que no podía dormir en ese hotel, en la ciudad, en el mundo, el insomnio nos vuelve superlativos. No puedo dormir, la contraseña para sentarte a la mesa de un desconocido a esas horas. No puedo dormir. Tu ropa, formal, ropa de viaje de trabajo, pantalón, blusa y chaqueta ligera, que en la primera reunión del día debía de lucir recién planchada, ahora mostraba la misma derrota que tu escaso maquillaje agrietado: ni siquiera habías intentado desvestirte, lavarte la cara, echarte en la cama, apagar la luz, no: habías renunciado, dado por perdida la noche, habías bajado al bar del hotel buscando tal vez a otro insomne, alguien a quien compartirle que no podías dormir, la fraternidad de los desvelados; habías bajado al bar tal vez esperando encontrar a un hombre en la barra con un vaso de whisky conversando con un barman terapeuta que seca copas mientras alguien toca un piano, *lost in translation*, pero no había más que un tipo con la ropa sobada y el pelo grasiento del final del día, sentado a la única mesa que no tenía las sillas volteadas, con un solo foco del techo encendido, olor a suelo fregado y una botella de agua con la etiqueta arrancada. No puedo dormir, me dijiste, me saludaste, me confesaste, buscaste mi comprensión. Yo tampoco puedo dormir, te dije, obvio a esas horas y en ese lugar, te dije como quien responde un santo y seña. Yo tampoco puedo dormir, y te pregunté si querías tomar algo, señalando la máquina de refrescos y chocolatinas, cerrada ya la barra. Estoy tan cansada que no puedo dormir, dijiste, como si tuvieras que dar explicaciones, como si necesitases una causa fácil de entender, aceptable y poco comprometedora para estar ahí a esas horas, como si otros días, cuando no estabas tan cansada, durmieses mejor. Estoy tan cansada que no puedo dormir. No te creí, pero me parapeté yo también, no había todavía confianza para exponer nuestras debilidades, no todavía, así que acoté mi problema: yo no consigo dormir en los hoteles, te dije, como si solo me sucediera en los hoteles y en cambio durmiese plácidamente en casa, como si los dos fuésemos insomnes ocasionales, tú por estar demasiado cansada, yo por culpa del hotel, farsantes los dos, la vergüenza social del que duerme mal y no lo cuenta o reduce el problema o lo justifica. Yo no consigo dormir en los hoteles, dije, hace tiempo que no puedo dormir en los hoteles, el mío es un insomnio hotelero, insistí locuaz, y te conté lo que le contaba a cualquiera un año antes, lo que te hubiera contado un año antes si nos hubiéramos encontrado en ese mismo bar, un año antes cuando todavía era, sí, un insomnio exclusivamente hotelero: hace tiempo que no puedo dormir en los hoteles, te dije, antes me pasaba lo contrario, dormir fuera de casa era una oportunidad de descansar mejor, sin hijos que se despiertan en la noche y nos llaman y se meten en nuestra cama, sin un cuerpo al lado que se mueve, que nos destapa, que nos busca o nos huye; dormir en un hotel era entonces una reparación para el agotado padre de familia, una cura de sueño, pero con el tiempo fui durmiendo cada vez peor en los viajes, desarrollando manías, extrañaba la cama, no había almohada buena, me intranquilizaba el silencio artificioso de los hoteles pero también los ronquidos de un vecino o los gemidos de una pareja tras la pared, pasaba calor, me encogía de frío, me molestaba la luz del exterior sin persianas y también la oscuridad absoluta de las cortinas opacas, y a partir de ahí todo me fastidia: la pupila roja del televisor apagado —te dije pupila roja, sí, qué tópico lamentable—, la vibración de la neverita, la repugnancia de pensar que en esa misma cama han dormido antes cientos, miles de personas, repugnancia que no depende de la limpieza del hotel, repugnancia de pensar que otras personas han apoyado la cabeza en la misma pared ligeramente ennegrecida donde yo la apoyo al sentarme en la cama, que otros huéspedes, cientos, miles, se han tapado con esas mismas sábanas que me asquean a pesar de la lavadora a sesenta grados, que otras manos han tocado el interruptor, los pomos, el mando del televisor, el grifo, el vaso donde coloco el cepillo de dientes, puedo ver sus huellas llenándolo todo como larvas, como si brillasen bajo un producto químico de esos que usa la policía científica en las películas; y pienso también, en mi repugnancia desquiciada, mi repugnancia desquiciada y ridícula, en quien disfruta por viajes de trabajo de buenos hoteles, pienso también que cientos, miles antes que yo han sudado y babeado y perdido pelos y piel muerta y follado en esa misma cama y se han corrido y empapado el colchón con sus parejas, con amantes, con desconocidas de aplicación de citas, con prostitutas, o a solas se han masturbado mientras ven el triste porno nocturno de los anuncios televisivos de contactos, que es lo que acabo haciendo yo también cuando no puedo dormir en un hotel, aunque todo esto no te lo dije entonces, claro, habrías salido huyendo, ni tampoco te lo dije después, no así, te lo estoy diciendo ahora. Yo en realidad no duermo nunca bien, dijiste tú por fin, con ganas de sincerarte, ampliando tu insomnio más allá del cansancio ocasional; yo en realidad no duermo nunca bien, dijiste, no duermo en los hoteles pero tampoco en casa, me acuesto muy tarde, espero a que me venza el sueño para no quedarme dando vueltas en la cama, y si lo consigo me despierto pocas horas después y ya no duermo más; he probado de todo, rutinas fijas, alejarme de pantallas dos horas antes, cenar poco, cenar lechuga, no cenar, hacer relajaciones, respiraciones profundas, deporte, nada de deporte horas antes, mierdas homeopáticas, y hasta ahora he evitado medicarme: tómate una de estas por la noche, me dice mi madre que las ha tomado toda la vida, tómate una de estas, me dice mi cuñada que lleva años tomándolas, tómate una de estas, me dice una compañera de trabajo que culpa al estrés, me dicen las amigas que culpan a la premenopausia, me dicen las madres del colegio que culpan a la crianza y a la doble jornada, todas mujeres y todas tomando una de estas por la noche y acabaré tomándola yo también, sí, porque llevo demasiado tiempo que no duermo bien, que duermo poco, que a veces no duermo nada y luego me voy cayendo de sueño durante el día, doy cabezadas breves en el autobús, en un semáforo si conduzco, en la oficina cuando me dejan sola, apoyada en la mesa, de noche viendo una película que nunca termino, leyendo mensajes en el móvil hasta que se me escurre entre los dedos, incluso en el baño, en el baño del trabajo me he quedado unos instantes adormilada, sentada en el váter y apoyada en la pared, a cualquier hora tengo sueño menos cuando debo tenerlo, me resisto todo el día, renuncio a una siesta para no llegar a la noche sin sueño pero esas cuentas nunca salen, lo no dormido en el día no se acumula en ninguna parte ni se guarda para la noche, lo no dormido se pierde, y cuando por fin me acuesto tengo tanto sueño que no puedo creer que no me vaya a dormir, me meto en la cama confiada, incluso he cabeceado instantes antes viendo la tele y me digo que sí, que hoy voy a dormir, porque además de vez en cuando, cada cinco, seis, diez días, sin periodicidad fija, de pronto hay una noche en que sí duermo, en que me acuesto y llega fácil el sueño y es profundo e ininterrumpido y luego despierto descansada, y son esas noches sueltas, esa calderilla de buenas dormidas, las que alimentan mi esperanza el resto de las noches, las que me hacen confiar en que sea hoy otra vez, las que me impiden rendirme del todo y asumir que no, que ya nunca volveré a dormir; pero hoy no era una de esas noches, dijiste. Tras tu confesión, que tal vez no fue así, que seguramente no fue así y estoy mezclando confesiones de otros días o incluso confesiones imaginadas, te propuse salir y buscar un bar abierto. Ya que no íbamos a dormir, qué importaba tomar un café, los dos llevábamos tanto tiempo durmiendo mal que habíamos dejado de considerar la cafeína un obstáculo.

DIARIO DEL SUEÑO, 22 DE FEBRERO

Me acuesto a la 01:10 h.

Me levanto a las 06:30 h.

Tardo una hora en dormirme. Un despertar nocturno y ya no duermo más. Total: poco más de dos horas.

Cuatro pequeñas siestas durante el día, todas involuntarias.

Una cerveza y una copa de vino, dos cafés, ningún medicamento.

Antes de apagar la luz juego al ajedrez. Contesto correo, navego unos minutos.

[00:51]

Salimos juntos del hotel y recuerdo la hora siguiente como si la hubiésemos pasado en una ebria duermevela, como si todo el tiempo estuviésemos a punto de cerrar los ojos, resistiéndonos al sueño, tal que niños que se empeñan en aguantar despiertos en una noche especial; así nosotros resistiéndonos a volver a la habitación porque temíamos, porque sabíamos, que en cuanto nos tumbásemos se nos escaparía, mejor pasear: por la ciudad que no era nuestra, primera vez que yo la visitaba, tú ya habías estado antes y me condujiste sabia por las calles del casco antiguo, *the streets tonight, our streets tonight*; no encontramos bares abiertos pero sí plazas hermosas, más hermosas aún por nocturnas y desiertas, más hermosas por el cansancio y los ojos somnolientos que daban un brillo iridiscente a las farolas y ponían una niebla borracha, más hermosas hoy en el recuerdo, *tonight the streets, tonight we in the streets*; pequeñas plazas ajardinadas que refrescaban aquella noche veraniega, iglesias apagadas de su habitual iluminación turística, fachadas de casonas donde me señalabas algún detalle ornamental, soportales donde sorprendimos a una pareja de jóvenes que se besaban apoyados en una columna, y nos dio la risa nostálgica al ver con qué pasión o con qué teatralidad se comían la boca. Caminábamos pese al cansancio, pese a las deshoras, seguramente no caminamos tanto y es mi recuerdo el que nos hace caminar más, es mi recuerdo embellecedor el que nos hace protagonistas de un largo plano secuencia por la ciudad, dos recién conocidos en una noche, Linklater, antes del amanecer, antes del anochecer. A ratos caminábamos en silencio, sin incomodidad ni necesidad de rellenarlo con frases hechas y conversación entre desconocidos; a ratos hablábamos como si no nos acabásemos de encontrar, con cercanía y confianza impropias, ahorrándonos informaciones de primera conversación, como si el hecho, casual y que a la postre sería decisivo, de venir los dos de la misma ciudad nos volviese viejos conocidos y ya supiéramos de nuestras familias, de nuestros trabajos que ni siquiera nombramos, de nuestros problemas para dormir que nos hermanaban, *the streets are for us? the night belongs to lovers?* Tú me hablaste de tu marido sin siquiera decir que era tu marido, lo nombraste como si yo ya lo conociera: Óscar sí duerme bien, me dijiste de pronto, detenidos en la escalinata de la catedral donde unos potentes reflectores simulaban el día; Óscar sí duerme bien, Óscar duerme profundamente, Óscar se mete en la cama y apenas se ha dado la vuelta y ya está dormido, y yo me quedo ahí tumbada, le oigo respirar, roncar incluso, ofendida por su exhibicionismo durmiente, me muevo en la cama, suspiro exageradamente, me levanto haciendo ruido o enciendo la luz de mi mesilla para leer pero no se despierta, y entonces me irrito con él, acabo hablando con él sin abrir la boca, conversaciones enteras en las que yo digo y él dice, réplicas y contrarréplicas, continúo una discusión diurna, le lanzo algún viejo reproche, nada serio, miserias de pareja que se agrandan en la desesperación nocturna, y hasta me he separado de él varias veces, me confesaste riendo: alguna noche le he dicho que estaba harta y que quería separarme, insististe con una risa demasiado alta que en aquella escalinata desierta, deslumbrados por los focos que en la noche soleaban la catedral, sonó demente o triste: estoy harta y quiero separarme, le digo a Óscar en mi conversación imaginaria, no harta de verte dormir tan plácido mientras yo miro el techo y miro el reloj en la mesilla, harta de todo, harta de ti, harta de mí, harta de ti en mí, harta de mí contigo, harta de nosotros, y tantas veces he tenido conversaciones así que hay momentos en que acabo dudando de si no ocurrieron de verdad, se me confunden el recuerdo y lo imaginado como en una borrachera permanente, dijiste mientras bajábamos las escaleras, aunque quizás todo eso me lo dijiste otra noche, quizás no me lo dijiste con esas palabras pero yo lo recuerdo así, también se me confunden el recuerdo y lo imaginado como en una borrachera permanente, y no podría jurar si yo también te hablé esa primera noche de mis divorcios nocturnos o fue otro día, en algún momento te lo conté: yo también me he divorciado muchas noches, dije entonces o dije alguna vez, y si lo dije aquella noche nos reiríamos de la coincidencia, nada rara pues seguramente la tasa de divorcios imaginarios es muy alta entre los insomnes, y quizás también lo sea la tasa de divorcios reales, todas estas horas de vigilia forzosa dan para acumular mucho resentimiento hacia nuestras parejas que duermen sin problema a nuestro lado, y luego por el día, cansados y malhumorados por no dormir, seguimos acumulando un resentimiento injusto, inmerecido; quizás detrás de cada divorcio hay un problema de mal dormir, quizás las parejas comienzan a resquebrajarse por la noche, cuando uno de los dos deja de dormir, sin que esté clara la relación causal: si duermes mal porque tu matrimonio se está acabando, o tu matrimonio se está acabando porque duermes mal, y en la noche fantaseas, imaginas, anticipas tu próxima vida de divorciado y echas cuentas, que es lo que hacemos los que deseamos o tememos separarnos, echar cuentas todo el tiempo, la cuenta del divorciado como la cuenta o el cuento de la lechera: echas cuentas y piensas en los precios de los alquileres, y te ves con nitidez, con dolorosa nitidez, viviendo en un pequeño apartamento con muebles baratos y muy usados, en un estudio donde no caben tus hijos, en una habitación de piso compartido con otros divorciados. No, no te pude contar todo esto la primera noche, hablamos pero no tanto, puede que te lo contase otro día, o quizás te lo estoy contando ahora, quizás solo te lo he contado en mis propias vigilias, en conversaciones imaginarias contigo; no puedo asegurarlo aunque es probable que en aquella primera noche yo también te hablase de Inma, igualmente nombrada sin más aclaraciones como si ya supieras de quién hablaba: Inma tampoco sabe que duermo mal, te confesé, creo que te confesé, la noche facilitaba las intimidades; Inma tampoco sabe que duermo mal, quizás debería contárselo, quizás debería habérselo contado ya, no sé por qué nunca lo he hecho, tal vez sea otro indicio de pareja terminal, otra fisura por donde todo se nos acabará escapando; Inma tampoco sabe que duermo mal, es una forma absurda de engaño, si ella me pregunta por la mañana qué tal he dormido yo le contesto que bien, he dormido bien, incluso muy bien, con lo fácil que sería decirle que me he pasado la noche sin pegar ojo, que me he despertado mil veces, que he oído la moto, la nevera, los ronquidos del vecino y su odiosa respiración suave de durmiente afortunada; que me desperté a las cinco, a las cuatro, a las tres y media; que acababa de coger el sueño cuando sonó el despertador, que encima yo me levanto antes que ella, yo me levanto sin haber apenas dormido y ella sigue en su afortunado y odioso sueño un rato más; que si por el día me ve irritable no es solo por exceso de trabajo, es también porque duermo mal, es sobre todo porque duermo mal, y sin embargo no se lo cuento, le miento: qué tal has dormido, me pregunta por la mañana de manera rutinaria y sin verdadero interés, o quizás lo pregunta porque de verdad le importa y soy yo el que la tomo por pregunta rutinaria y sin verdadero interés, y esa es la broma, esa es la triste broma: que la culpo de no preocuparse por mi mal dormir mientras soy yo quien se lo oculta. Así seguimos, paseando en la noche, hablando de parejas pero también de hijos, hablando de compañeros de trabajo y amigos que tampoco duermen bien, hablando de consejos médicos y trucos que alguna vez funcionan. *Tonight the streets are ours*, esa es, Robert no sé qué, Richard algo. Seguimos paseando hasta que, a la vuelta de una esquina, surgió de pronto una plaza como recién construida, como si la acabasen de abrir y ensanchar a la fuerza donde no cabía, una plaza que me anunciaste antes, orientando hacia allá nuestros pasos: te voy a enseñar mi plaza favorita. Estrecha y rectangular, más vertical que horizontal, con poco cielo, no guardaba proporción con el enorme templo barroco que le daba nombre y para el que casi no quedaba perspectiva, imposible fotografiarlo entero, como si hubieran levantado primero la iglesia y después la hubieran encerrado con el resto de los edificios alrededor; una plaza italianizante y a esa hora recién baldeada, desierta y muda. Nos sentamos en un banco frente a la fachada, agotados y a la vez plenos, excitados por el desvelo y el caminar, por el intercambio de confidencias, por la noche que parecía solo nuestra. Te fuiste recostando hasta apoyar la cabeza en mi hombro con naturalidad, sin pedir permiso ni esperar invitación, pura expresión de cansancio, y con la misma naturalidad yo me recosté un poco más en el respaldo para facilitarte el apoyo, incluso levanté el brazo y lo pasé sobre tus hombros sin llegar a posarlo, dejado en la parte alta del banco. Cerramos los ojos, yo los cerré y supe que tú también los habías cerrado, cerramos los ojos y escuchamos nuestras respiraciones, nuestras respiraciones cada vez más espaciadas y profundas. Así quedamos diez, tal vez veinte minutos o incluso más, con las respiraciones acompasadas, tu mano caída en mi muslo, mi brazo derecho manso sobre tus hombros, oliendo tu pelo y dejándome ir como quien se hunde lentamente.

DIARIO DEL SUEÑO, 23 DE FEBRERO

Me acuesto a las 00:15 h.

Me levanto a las 06:30 h.

Tardo una hora en dormirme, me despierto a las 04:00 h y no duermo más. Menos de tres horas.

Nada de alcohol. Un café.

Antes de apagar navego una hora. Tecleo en Google *no puedo*, y el predictivo completa mi enunciado: *no puedo dormir*. Me sugiere varias opciones:

No puedo dormir qué hago para que me dé sueño

No puedo dormir por las noches

No puedo dormir mi cerebro no deja de pensar

No puedo dormir ansiedad

No puedo dormir por la tos

No puedo dormir embarazo

No puedo dormir siento que me voy a morir

No puedo dormir me come el payaso

En la web de una clínica, que aparece posicionada entre los primeros resultados, encuentro un test de insomnio:

Tengo dificultad para conciliar el sueño. Sí.

Me vienen pensamientos a la cabeza que me impiden conciliar el sueño. Sí.

Temo el momento de ir a dormir. Sí.

Me despierto durante la noche y no puedo volver a dormirme. Sí.

Me preocupo en exceso con las cosas y tengo problemas para relajarme. Sí.

A pesar de haber dormido toda la noche, no me siento descansado cuando me despierto. No.

Por la mañana, me despierto más temprano de lo que quisiera. Sí.

Permanezco despierto en la cama durante media hora o más antes de quedarme dormido. Sí.

Me levanto por las mañanas con rigidez muscular o articular y dolores. No.

Me siento triste y deprimido. No. Sí. No. Sí.

7/10, u 8/10, depende del día.

Hago también un Cuestionario de Gravedad del Insomnio, de otra clínica. Respondo preguntas sobre mi sueño en el último mes, y mi resultado es: insomnio moderado, es muy aconsejable que acuda a un especialista en medicina del sueño. Vuelvo atrás y corrijo algunas respuestas. Cambia el resultado: insomnio grave, debe acudir a un especialista en medicina del sueño.

Hago otro test de insomnio. Y otro más. Hago un test de detección de trastornos del sueño. Un test de calidad del sueño. Un test de apnea del sueño. Un test de narcolepsia. Un test del síndrome de piernas inquietas. Un test de ansiedad. Un test de depresión. Un test de edad mental. Un test de inteligencia. Otro test de inteligencia. Un test de nivel de inglés. Un test de nivel de francés. Un test de personalidad. Un test de psicopatía. Un test de reflejos. Un test de Raven. Un test de trastorno bipolar. Un test de trastorno obsesivo compulsivo. Un test de velocidad lectora. Otro test de velocidad lectora. Me quedo dormido con un tercer test de velocidad lectora a medio contestar, el móvil caído sobre el pecho.

[01:01]

De pronto te incorporaste, me sonreíste con ojos achicados, te pusiste en pie, me cogiste de la mano y tiraste de mí: ven, vamos. Desanduvimos el camino de vuelta al hotel, sin detenernos ya en plazas ni iglesias, y diría que sin soltarnos de la mano, no podría jurarlo pero nos recuerdo tomados de la mano, sin extrañeza de manos que se tocan por primera vez, o tal vez quiero recordarlo así, probablemente sea también un recuerdo falseado y embellecido por lo que pasó después. Caminamos de vuelta por las mismas calles y plazas, en el soportal seguía la joven pareja ahora con los dedos maniobrando entre los cuerpos, ni nos vieron pasar, caminamos deprisa y callados, toda la conversación de un rato antes nos sobraba ahora. Al llegar al hotel, el conserje del turno de noche, con el pelo de la coronilla encrespado, nos saludó con severidad al abrirnos. Entramos al ascensor y apretaste el botón de tu planta, podría haberme adelantado yo y solicitar mi piso y tampoco tú habrías preguntado nada, me habrías seguido como yo te seguí por el pasillo enmoquetado que se encendía unos metros por delante y se apagaba a nuestras espaldas. Acercaste tu tarjeta para abrir la puerta, y al entrar no la introdujiste en el cajetín eléctrico, no necesitábamos luz. De la mano, de la mano que no sé si no me habías soltado o me cogías de nuevo, de la mano me llevaste hasta la cama, me senté y, en la penumbra, a la luz submarina que dejaba pasar la cortina abierta, sin neón peliculero en la fachada, vi cómo te quitabas la chaqueta y te descalzabas. Me empujaste suavemente hasta tumbarme y te acostaste a mi lado, girada hacia mí, vi tus ojos en la oscuridad o no los vi pero recuerdo que los vi, quiero recordar que los vi, que te vi mirarme en la oscuridad. Te ofrecí mi brazo como almohada, te acercaste más y apoyaste la cabeza en mi pecho. Oigo tu corazón, susurraste, creo que eso dijiste, oigo tu corazón, hablabas muy bajo. Oigo tu corazón. Me pusiste una mano sobre el pecho, colaste dos dedos entre los botones de mi camisa y ahí quedaron. Respiré tu pelo que se me metía en la boca. Levantaste la cara y pude oler un instante tu aliento caliente, inspiramos el mismo aire que nos recorrió el cuerpo y volvió a salir y entrar, salir y entrar, salir y entrar, cada vez más despacio. Cerramos los ojos, yo los cerré y supe que tú también los habías cerrado.

DIARIO DEL SUEÑO, 24 DE FEBRERO

Me acuesto a la 00:45 h.

Me levanto a las 06:30 h.

Me duermo enseguida pero me desvelo hacia las cinco. Algo menos de cuatro horas.

Una siesta de media hora por la tarde, un par de cabezadas breves trabajando por la mañana.

Dos copas de vino, una Dormidina.

Antes de apagar navego un rato. Lo sé, debería evitar pantallas desde dos horas antes de acostarme. Miro pisos en Idealista. Alquileres. Señalo mi barrio en el mapa de búsqueda. Filtro: dos dormitorios, quinientos euros de precio máximo. Ningún resultado. Corrijo el filtro: un dormitorio. Ningún resultado. Vuelvo a corregir el filtro: seiscientos euros de precio máximo. Dos resultados. Amplío la zona de búsqueda a los barrios cercanos. Amplío a otros barrios. Amplío a toda la ciudad. Amplío a los municipios próximos.

Después juego diez, doce, tal vez más partidas de ajedrez. Gano tres, pierdo todas las demás, por tiempo la mayoría, algún mate, un humillante pastor. Llevaba sin jugar desde la adolescencia, hasta que hace dos años descubrí el ajedrez online. Gimnasia mental, pensé, prevención de futuras demencias. Instalé la aplicación en el móvil, y empecé jugando contra la máquina. Estudiaba el análisis de mis partidas, resolvía problemas, veía vídeos, me motivaba mejorar, subir mi ELO.

Pronto empecé a jugar contra otros usuarios, partidas de diez minutos. Probé las de cinco minutos y me parecieron la mezcla perfecta de rapidez y concentración: puedes pensar las jugadas, hacer aperturas y desarrollar secuencias aprendidas, estudiar los movimientos del rival, y a la vez sentir la presión del cronómetro. De ahí pasé a las de tres minutos, partidas relámpago, tienen más nervio, obligan a asumir riesgos, dificultan que el otro haga trampas con ayuda tecnológica, y permiten más partidas en menos tiempo. En cuanto perdía mi dama, me rendía y buscaba otro contrincante. Algunos rivales cometían errores tan evidentes que me imaginaba, al otro lado, a alguien quedándose dormido, cabeceando con el móvil en la cama, como yo tantas veces.

Hasta que probé las de un minuto, las llamadas partidas bala. Apenas puedes pensar estrategias ni recordar la combinatoria que sigue a cada movimiento: aperturas agresivas, intentos de mate rápido, sacrificios que en partidas más largas serían suicidas, los errores se multiplican, si pierdes la reina aún te queda la opción de ganar por tiempo, mueves a toda velocidad mientras el rival pierde segundos en entender tus movimientos, y lo acabas derrotando por tiempo, pese a su ventaja de piezas.

Intensas, excitantes, adictivas, dopamina a chorros, cada victoria pide nuevas victorias, cada derrota exige inmediata reparación, te proponen revancha o la ofreces tú, si ganas por tiempo necesitas a continuación ganar por jaque mate, si ganas por jaque mate necesitas volver a ganar. Estoy seguro de que un algoritmo administra victorias y derrotas, alterna rivales asequibles y rivales invencibles, o incluso inventa jugadores que en realidad son la propia máquina. Una forma de ludopatía sin mala conciencia ni reproche social. Nadie te llamará enfermo por jugar demasiado al ajedrez.

Encadenaba diez, veinte, cincuenta o más partidas bala. A veces por el día, una pausa laboral que terminaba alargándose treinta, cuarenta minutos, una hora. Normalmente por la noche: como no podía dormir, jugaba, pero algunas noches se invertían los términos y no podía dormir porque jugaba. Desinstalé la aplicación, compré un tablero para echar partidas con mi hijo mayor. La volví a instalar hace unos días, en una noche desesperada.

Abro con peón de rey. Saco dama enseguida, alfil por si sorprendo con pastor a algún jugador adormilado, esquivo su caballo, avanzo el mío. Me quedo dormido a mitad de partida, el móvil sobre el pecho.

[01:09]

Me despertó el sol en la cara, la cortina descorrida. Debía de llevar varios minutos dándome en el rostro, pues fue el calor y no la luz el que me despertó. Cegado, me tapé con la mano derecha, la izquierda sin riego bajo tu cuerpo, tú seguías en la misma posición, apoyada en mi pecho. Entreabrí los ojos tras la pantalla de dedos, vi el dormitorio desconocido y a la vez tan reconocible como el de cualquier hotel, nunca confundible con una habitación particular. Qué hora era. Una pierna tuya había trepado hasta mi cintura y quedó apoyada sobre mi erección matutina y estrictamente fisiológica. Vista desde el techo, plano cenital. Bellos. *The sleep of the beloved.* Acaricié tu melena, porque eso es lo que hace uno cuando tiene una cabeza apoyada encima, acariciarla. En respuesta, te moviste un poco, te estrechaste más y, no sé si espantada por mi entrepierna abultada, acabaste por girarte, me ofreciste la espalda que abracé por el mismo motivo por el que había acariciado tu pelo, qué otra cosa se puede hacer si en la cama te ofrecen una espalda, solo cabe abrazarse, pegar el pecho, pasar un brazo por la cintura, hundir la cara en la nuca, en tu nuca, en el olor que ya me era familiar, y cerrar otra vez los ojos.

DIARIO DEL SUEÑO, 25 DE FEBRERO

00:30 h - 07:00 h. Unas cinco horas, no consecutivas.

Nada de alcohol ni café. Un lorazepam al acostarme.

Antes de apagar consulto Idealista, mi búsqueda guardada. Sin nuevos resultados. Cambio los filtros: pongo seiscientos euros esta vez como mínimo, sin máximo. 1.346 resultados. Lo subo a mil euros. 661 viviendas. A mil quinientos. 184. A dos mil. 65 pisos y casas. Tres mil euros mensuales. 16 viviendas. Cuatro mil euros. Siete viviendas. Paso un rato viendo las fotos y vídeos de esas siete: tres casas, dos pisos, un ático y un loft. Más de cuatro mil euros. Cuatro salarios mínimos al mes.

Después busco en Google métodos para conciliar fácilmente el sueño.

La técnica de los marines para quedarse dormido en dos minutos. Utilizada por el ejército de Estados Unidos para ayudar a sus militares a conciliar el sueño en el campo de batalla, en situaciones de alta tensión. Durante un minuto y medio se relaja el cuerpo. Primero los músculos de la cara, incluyendo lengua, mandíbula y alrededor de los ojos. Deja caer los hombros y relaja la parte superior y luego la inferior de un brazo y después del otro. Exhala y relaja el pecho. Por último las piernas, comenzando por los muslos y bajando hasta los pies. Para liberar la mente de tensiones y dejarla en blanco, la técnica militar aconseja centrarse durante diez segundos en una de estas imágenes: estás dentro de una canoa en un lago totalmente en calma y solo rodeado por un cielo azul. Estás tumbado en una hamaca de terciopelo negro que se mece en una habitación oscura. No imaginas nada, solo te dices una y otra vez: no pienses, no pienses, no pienses, durante diez segundos. Según los datos publicados, tiene una tasa de éxito del 96 por ciento tras seis semanas de práctica, incluso con ruido de disparos de fondo.

La técnica 4-7-8 para dormir en solo un minuto. El doctor Andrew Weil ha desarrollado en la prestigiosa Universidad de Harvard la fórmula numérica que ayuda a conciliar el sueño a través de la respiración. Basada en el yoga y su pranayama, ejercicios respiratorios para controlar y conducir la energía vital, el prana. Suelta todo el aire de los pulmones. Coloca la lengua detrás de los dientes superiores frontales, donde empieza el paladar. Cierra la boca e inspira por la nariz durante cuatro segundos. Aguanta ese aire siete segundos en tus pulmones. Expulsa el aire durante ocho segundos con fuerza, labios cerrados y hasta escuchar el sonido de un silbido. Repite el proceso cuatro veces. El doctor Weil asegura que se requiere mucha práctica para dominar esta técnica.

La técnica del *cognitive shuffle* para dormir en minutos. Desarrollada por el doctor Luc Beaudoin, profesor adjunto de Ciencias Cognitivas en la Universidad Simon Fraser, busca alterar los pensamientos mediante la visualización de una secuencia de palabras e imágenes al azar, lo que interfiere en los procesos de memoria y planificación, promoviendo un estado mental más propicio para el sueño. Se trata de confundir al cerebro para que no se enfoque en pensamientos lógicos ni preocupaciones. Es fácil: primero elige una palabra simple, por ejemplo *dormir*. A continuación, visualiza mentalmente imágenes que correspondan a palabras que empiezan con cada letra. Si la palabra elegida es *dormir*, piensa primero una palabra que empiece por d, visualízala, y sigue con el resto de las letras, o, r, m, i, r. Por ejemplo, con la d: *divorcio*, visualiza un divorcio. Combina esta técnica con respiraciones profundas: inspira al pensar en la palabra y exhala al visualizarla, inspira al pensar en divorcio, exhala al visualizar un divorcio.

[01:14]

El segundo despertar de aquella mañana no lo provocó el sol en mi cara sino la puerta de la habitación al abrirse, las conversaciones del pasillo, las disculpas de la limpiadora que se asomó un instante y se retiró deprisa con el reproche de un portazo. Levanté un poco la cabeza y, en el espejo del armario, me encontré con tus ojos abiertos, tus ojos que creo oscuros, castaños, tal vez negros, recuerdo bien tu mirada pero no tus ojos, no su color. Estábamos en la misma postura en que nos habíamos vuelto a quedar dormidos no sabíamos cuánto tiempo antes: tú sobre el costado izquierdo, girada hacia el armario, yo a tu espalda, apretado contra ti, un brazo en tu cintura, la mano que confundida se había adentrado bajo tu blusa sin subir más arriba del ombligo y que ahora retiré pudoroso. Te volviste hacia mí, todavía adormilados, quedamos frente a frente, bocas secas y alientos espesos, recordé que no me había lavado los dientes. Nos miramos a los ojos un instante y dijiste tú, como podría haberlo dicho yo, como estaba a punto de decirlo yo también porque la palabra salía sola: gracias. Una aspiradora en el pasillo, voces de faena nos hicieron reaccionar, por fin, como hechizo que se rompe de pronto: manoteé en la mesilla sin encontrar mi móvil, tú te levantaste y buscaste el tuyo en el bolso, soltaste un chillido: son más de las doce, dijiste mirándome con un asombro que no sabría decir si era trágico o cómico; tu tren de las diez y media perdido, tampoco yo alcanzaría el mío de las doce y veinte, y añadíamos otro destrozo: las habitaciones de hotel, la hora de salida superada y que nos obligaría a suplicar en recepción para no pagar un día más de estancia que ni tu empresa ni los organizadores de mi curso nos pagarían. Además, una comida a la que tú ya no llegarías, un trabajo que yo debía entregar esa tarde y para el que contaba con aquella mañana, mi hijo pequeño al que tampoco recogería a tiempo del colegio, y llamadas perdidas, de Óscar, de Inma, de trabajo. Me incorporé y busqué mis zapatos, también tú te levantaste con gestos acelerados, cómicos de cine mudo los dos, teatralizando nuestro agobio según íbamos despertando del todo y siendo conscientes del estropicio. Cuando estaba a punto de marcharme, te miré desde la puerta, me sostuviste la mirada en silencio, despeinada y aún somnolienta, yo con la camisa arrugadísima: nos dio la risa, mejor reír que hablar, mejor reír que decir qué. Me pediste mi número, me hiciste una llamada perdida para que yo tuviese el tuyo, y no fue hasta minutos después, de camino a la estación, cuando quise guardar tu número y me di cuenta de que no sabía tu nombre, ni tú el mío.

DIARIO DEL SUEÑO, 26 DE FEBRERO

Me acuesto a las 00:50 h, me levanto a las 08:30 h, sin despertador. Tardo en dormirme, pero luego buena noche.

Dos cervezas y una copa de vino, un café.

Antes de apagar echo un vistazo a Idealista, mis búsquedas guardadas. Sin resultados. Reviso también los alquileres de más de cuatro mil euros, no hay nuevos. La información de contacto de uno de ellos me lleva a la web de una inmobiliaria: Luxury Lofts. Paso unos minutos viendo fotos y vídeos de las viviendas que oferta por todo el país, lofts y áticos la mayoría.

Tras varias partidas bala (cuatro victorias, numerosas derrotas, la mayoría por tiempo), pruebo una relajación, tal como me aconsejó el médico. Acostado a oscuras, con auriculares, escucho en Spotify un audio entre muchos, todos con títulos similares. Meditación para lograr un sueño profundo. Con fondo de piano y algunas gaviotas, una voz de mujer, susurrante y vocalizando con demasiada lentitud, me propone tumbarme. Cerrar los ojos. Sentir mi cuerpo pesado. El día de hoy ya pasó. Tal como ha sido es perfecto. Mañana será otro día. Lleno de posibilidades. Ahora solo nos importa este momento. Soltamos el pasado que ya pasó. Soltamos el futuro que no existe. Nos sumergimos en el ahora. Observo que mi frente esté lisa. Los músculos de los ojos relajados. Los labios sueltos. La mandíbula floja. Voy sintiendo mi cuerpo. Se disuelven poco a poco todas las tensiones. Todo está en su lugar. Todo es un proceso. Me sumerjo en el silencio. Siento paz y quietud. Siento mi respiración en el vientre. Observo cómo sube y baja. Sube. Baja. Sube. Baja. Me siento protegido y a salvo. Lleno de mi propio ser. Me voy distanciando de mis pensamientos. Conecto con mi ser profundo. Y desde aquí observo los pensamientos que surgen, y simplemente los dejo pasar. Si aparece un pensamiento en dirección al pasado, no lo sigo. Si aparece un pensamiento hacia el futuro, no lo sigo. Solo existe este momento. Este instante. Mantengo mi conciencia dentro del momento presente. Estoy aquí y ahora, y esto es lo único que importa. Aparece un recuerdo y no lo sigo. No lo sigo. No lo sigo. No lo sigas, joder. Años atrás intenté, durante un par de semanas, meditar cada día al levantarme. Me había leído aquel librito de Pablo d'Ors, y me lo aconsejó insistentemente Inma: tienes que probar la meditación. Ella con sus ejercicios respiratorios y su saludo al sol cada mañana. Yo me arrastraba fuera de la cama diez minutos antes de la hora habitual. Me sentaba en la alfombra del salón. La posición de loto. Espalda recta. Ojos cerrados. Manos sobre las rodillas, relajadas, las palmas hacia arriba. Viéndome yo mismo desde afuera, como me vería un vecino por la ventana: mira ese imbécil a estas horas, sentado como un indio y con los ojos cerrados. Trataba de concentrarme en mi respiración sin conseguirlo. Incapaz de apagar la voz que en mi cabeza me decía respira. Respira. Respira. No pienses en nada. Visualiza cada parte de tu cuerpo. Siente el aire entrando y saliendo. No abras los ojos, que te verás reflejado en la puerta del balcón. No abras los ojos, que verás al vecino riéndose de ti. Respiro. Respiro. No pienso en nada. Vuelvo a mi respiración. Solo existe este momento. Este instante. El momento presente. Estoy aquí y ahora. Aquí y ahora. Las meditaciones guiadas tienen algo de cuento para dormir, esos cuentos repetitivos y con retahílas. Cuando mis hijos eran pequeños y no se dormían, les contaba un cuento inventado para ellos, el cuento de Hormiguita. A oscuras junto a su cama, en voz baja, muy lentamente. Hormiguita era una niña muy muy pequeña, y por eso se llamaba Hormiguita. Hormiguita tenía una cabecita muy muy pequeña. Qué pequeña era la cabecita de Hormiguita, casi no se veía de lo pequeña que la tenía. Hormiguita tenía unas orejitas muy muy pequeñas. Qué pequeñas eran las orejitas de Hormiguita, casi no oía con ellas de lo pequeñas que eran. Hormiguita tenía la naricita muy muy pequeña. Qué pequeña era la naricita de Hormiguita, casi no olía con ella de lo pequeña que era. Y así durante minutos. Hormiguita tenía una casita muy muy pequeña. Hormiguita cobraba por su trabajito unas tarifitas muy muy pequeñas. Hormiguita esperaba tener de mayor una pensioncita muy muy pequeña, porque había cotizado de autónoma con una basecita muy muy pequeña. Imbécil. Vuelvo a mi respiración. Solo existe este momento. Este instante. El momento presente. Estoy aquí y ahora. Aquí y ahora. El aquí y ahora. La mierda del aquí y ahora. La cháchara del *mindfulness*. Descubre tu yo interior. *Coaching* emocional, puaj. Pseudoterapias, puaj. Industria de la felicidad, puaj. Espiritualidad oriental reciclada en objeto de consumo, puaj. Medita. Respira. Colorea mandalas. Rotula letras bonitas con mensajes motivadores. Todo está en tu cabeza. Todo está en tu puta cabeza. Tú eres la causa de tu insatisfacción y de tu ansiedad. Tú, tú, tú, tú. Yo, yo, yo. Céntrate en el aquí y ahora. Los médicos lo recomiendan. Las escuelas lo proponen como actividad en los recreos. Los deportistas profesionales lo practican. *Mindfulness* para mejorar la vida sexual. *Mindfulness* para soldados en zonas de guerra. *Mindfulness* para tu perro. Vuelvo a mi respiración. Solo existe este momento. Este instante. Estoy aquí y ahora. La frente lisa. Los ojos cerrados. Las piernas flojas. Las grandes empresas con sus salas de meditación. Programas de bienestar mental y emocional para empleados. Un día a la semana a la hora del almuerzo reduce el estrés y la ansiedad. Favorece la concentración y la creatividad. Aumenta la satisfacción del empleado. Mejora la productividad. Alivia los dolores. Repara el cansancio. Relaja las inseguridades. Reconduce el resentimiento. Tienes que probarlo. Vuelvo a mi respiración. Vuelvo a mi respiración. Vuelvo a mi respiración. La frente. Los ojos. Los pies. Este instante. El momento presente. Aquí y ahora. Aquí y ahora. Aquí. Ahora.

[01:22]

Llevo dos noches sin dormir pensando en lo que nos pasó, me dijiste mediante un mensaje dos días después, como si una vez más necesitases una causa para tu insomnio, como si aquella noche juntos fuera lo que te desvelaba ahora, y de no haber ocurrido habrías descansado plácidamente. Llevo dos noches sin dormir pensando en lo que nos pasó, me dijiste dos días después, y añadiste: me gustaría verte de nuevo. Yo tampoco he dormido, te respondí, pues en efecto había pasado esas dos noches recordando y recreando cada momento con el detalle obsesivo y ampliado de quien no puede dormir: nada más meterme en la cama, un proyector se encendía en el dormitorio, la película de aquella primera noche: el encuentro en el bar del hotel, las palabras iniciales, el largo paseo nocturno en plano secuencia, antes del amanecer, antes del anochecer, *tonight the streets are ours*, lo que tú dijiste, lo que yo dije, la plaza, el banco en el que nos sentamos, los minutos que pasamos allí adormilados, el camino de vuelta al hotel a paso ligero, como deslizándonos sin esfuerzo en una cinta mecánica o arrastrados por un sedal en recogida hasta llegar a tu habitación, la noche juntos, el primer despertar que no prosperó, el definitivo y tardío despertar, la salida apresurada, la risa, la risa compartida, todo recordado y recreado con detalle, con el detalle obsesivo y ampliado de quien no puede dormir, la película del encuentro proyectada en bucle durante toda la noche, ampliada en cada nuevo pase. Yo tampoco he dormido, fue todo lo que contesté, y eso te bastó como respuesta afirmativa, pues en tu siguiente mensaje me propusiste la cita sin más preguntar: una dirección, una chincheta en el mapa, un hotel en las afueras que supongo ya habías reservado sin esperar mi respuesta, un hotel y una hora, las cinco de la tarde, temprano porque los dos debíamos volver a casa para dormir, o para no dormir. Un rato antes de la hora me enviaste un número de habitación, confirmación de que tú ya estabas allí, esperándome. Encontré al llegar un hotel económico, una de esas cadenas que se asientan en la periferia, a la orilla de una autovía subrayando su condición de fugaz albergue para viajeros de trabajo, empresas de poco presupuesto, turistas que solo regresan a la habitación para dormir, amantes de escasos recursos o de alta frecuencia amatoria y que no buscan más que una cama y un baño limpios, sin detalles de cortesía ni gracia decorativa, sin recepción ni cafetería, perfecto para nosotros, nos habría valido un colchón en el suelo. Tamborileé en la puerta como si marcase una contraseña de película de espías; me abriste con solo una camiseta ancha y desgastada de Nirvana que te cubría la mitad de los muslos desnudos, y lamenté mi indumentaria, demasiado arreglado como para una cita que no era tal, o sí lo era pero no el tipo de cita que justificase mi camisa planchada. Ni las buenas tardes nos dimos: entré, vi que ya habías cerrado la pesada cortina, solo una lamparita de lectura encendida, y mientras yo me descalzaba, te echaste en el lado izquierdo de la cama, eso que dicen de que el lado de la cama que las parejas eligen la primera noche ya es para siempre, te echaste en tu lado de la cama, y me observaste con una sonrisa tímida; fui a tumbarme junto a ti pero me frenaste, me preguntaste en voz baja si pensaba acostarme así, tan vestido; te dije que no había traído pijama, y en respuesta te cubriste con la sábana y maniobraste hasta quitarte la camiseta y arrojarla a la silla, para hacérmelo más fácil apagaste la lamparita, una mínima rendija de sol casi nos dejaba vernos, el sol de las cinco de la tarde que hacía más anómalo nuestro encuentro, cómo era aquella película francesa, una de infidelidades como todo el cine francés, una de infieles hoteleros con cita semanal. Me desvestí en penumbra hasta quedar en calzoncillos, me acosté a tu lado, boca arriba, sin taparme ni saber bien cómo colocarme, tampoco tú, rígidos los dos, desaparecida la facilidad nocturna del primer encuentro; te giraste hacia mí, remedando la postura de tres noches antes, adelantaste la misma mano hacia mi pecho pero no llegaste a posarla, no había camisa donde colar dos dedos, te giraste de nuevo dándome la espalda, pensé abrazarte pero no sabía cómo, de pronto avergonzado, sin la soltura de la primera noche. Sergi López, ese era el actor, aquella película. Te volviste hacia mí, yo me puse también de lado en simetría, quedamos de frente, no podíamos vernos las caras en la oscuridad, solo los bultos de nuestros cuerpos mientras las pupilas se acostumbraban, iniciamos una frase los dos a la vez, nos dio la risa, reímos con alivio como si la risa devolviese la continuidad perdida, nos habíamos despedido riendo y nos reencontrábamos ahora en aquella risa nerviosa. Te incorporaste un momento, tu perfil desnudo relampagueó brevemente a la luz de la pantalla de tu móvil. Voy a poner el despertador por si acaso, dijiste; por si acaso, que tengo que regresar a casa para dormir. O para no dormir, añadí yo. Me volví a colocar boca arriba, te ofrecí mi brazo izquierdo buscando la postura que ya conocíamos, y aceptaste, levantaste la sábana para acogerme, te arrimaste más a mí, tu pecho contra mi costado, tu pecho desnudo contra mi costado desnudo, piel con piel sin extrañeza como tres días antes mano con mano; te arrimaste más o yo te atraje más, tu mano en mi vientre sin pesar, sin saber qué hacer con ella, sin atreverte a apoyarla del todo; te acaricié el pelo con torpeza, rígido todavía, me hablaste en voz muy baja cerca de la oreja, me agradeciste que hubiera venido y que hubiera superado mi repugnancia a los hoteles, mi insomnio hotelero, dijiste graciosa, yo podía estar tranquilo, tú habías comprobado que en las valoraciones los usuarios puntuaban bien la limpieza, incluso habías venido un rato antes para pasar un trapo, dijiste, y soltaste una risa que sentí más que oí, tu aliento tibio en mi oreja. Me dijiste, con voz cada vez más floja, que seguramente aquello era una locura, pero necesitabas comprobar si lo de la otra noche había sido excepcional, llevabas dos días muy distraída, te costaba concentrarte recordando lo sucedido, tus palabras se iban ralentizando y apagando o era yo que cada vez te oía menos. Tu mano cayó mansa en mi vientre, mis dedos se quedaron enredados en tu melena, acompasamos nuestras respiraciones hasta ser una sola, suave y espaciada, aquí y ahora, y cerramos los ojos si es que no los habíamos tenido cerrados todo el tiempo.

DIARIO DEL SUEÑO, 27 DE FEBRERO

Me acuesto temprano, me duermo pronto, pero desvelado antes de las tres, con sensación de haber dormido ya la noche entera. Me acabo levantando.

Una copa de vino, dos cafés. Una Dormidina. Durante toda la mañana dando cabezadas, incapaz de trabajar.

Antes de apagar, leo en la cama, pocas páginas.

Leer da sueño. Si te cuesta dormir, lee. Lo recomiendan las webs de consejos para conciliar el sueño, me lo sugirió el médico de familia, me lo dijo todo aquel al que le hablé de mis malas noches: si te cuesta dormir, lee. Métete en la cama con un libro. Nada de pantallas: un libro de papel. Una lectura ligera, poco exigente. Con luz suave en la mesilla. Lee, y verás cómo a las pocas páginas se te ablandan los párpados. Se ralentiza tu lectura. Te quedas a mitad de un párrafo. Vuelves al comienzo del mismo. Se te han cerrado los ojos pero insistes en seguir leyendo. Das una cabezada, se te aflojan los dedos hasta resbalarse el libro y sobresaltarte. Vuelves una página atrás porque no recuerdas lo último leído, pero todavía te resistes un poco para así afianzar el sueño, que sea irreversible: insistes en la misma página varias veces, las letras forman líneas, escaleras, relieves, dibujos emergentes como aquellos pasatiempos infantiles en que concentrabas la mirada en una lámina y bizqueabas hasta que aparecía el dinosaurio; bizqueas ahora de sueño. El libro cae sobre tu pecho. Tu pareja se da cuenta y te lo quita, o tú mismo te despiertas con el cuello doblado y entonces sí, lo sueltas en la mesilla, apagas la luz, te acurrucas. Misión cumplida. Nunca falla. Leer ayuda a dormir, te dirán los amigos que también tuvieron episodios de insomnio. Leer es lo mejor para aflojar la cabeza, silenciar el ruido del cerebro, bajar la agitación del final del día, desactivar uno tras otro los relés de alerta. Lee una, dos, pocas páginas; esa novela que tardas meses en acabar porque apenas avanzas cada noche, porque cuando la retomas debes volver una, dos páginas atrás, perdido el hilo, porque siempre te alcanza la flecha del sueño por mucho que te interese, por mucho que te intrigue, por mucho que quieras seguir leyendo. Lee si te cuesta dormir, lee para dormir. Muy bien. Pero qué pasa cuando tu trabajo consiste precisamente en eso: en leer. Qué pasa cuando eres lector profesional. Peor aún: qué pasa cuando eres lector profesional y leer te da sueño.

[01:30]

Si sonó tu alarma programada, no la oímos, la detuviste sin llegar a despertar o zumbó durante segundos hasta apagarse sola sin que siquiera la escuchásemos, pues no fue tu alarma sino el timbre de mi teléfono el que nos despertó, o más bien me despertó a mí, tú abrazada a mi pecho sin alterar la respiración, yo incapaz de abrir los ojos y escuchando lejos, muy lejos, la llamada como parte del sueño, del sueño que debía de estar soñando y que olvidé en cuanto abrí los ojos y comprobé que era real aquel timbre que, luego lo supe por el registro de llamadas, había sonado en ocho ocasiones a lo largo de una hora: ocho llamadas perdidas, la última de ellas la única que escuché o que no creí parte de un sueño, la que me despertó pero tampoco llegué a atender, pues cesó antes de que me hubiera espabilado lo suficiente para comprender qué era ese timbre, dónde estaba, de quién era ese calor a mi lado, esa piel, esa respiración profunda en una habitación demasiado oscura para ser mi habitación, las cortinas cerradas y afuera ya la noche. Busqué en la mesilla sin encontrar el teléfono, pero sí mi reloj: las once y diez. Asumí que las llamadas, o la llamada, que yo todavía creía una sola, sería de Inma, preocupada por no saber dónde estaba yo a esas horas, más preocupada por mi falta de respuesta. Oye, te susurré, acariciándote el hombro; oye, te dije un poco más alto, apretándote el brazo; oye, subí la voz y te sacudí hasta que, en la oscuridad, noté el cambio de tu respiración. No hemos oído el despertador, te expliqué, no hemos oído el despertador y son más de las once de la noche. Te lo repetí hasta que, ahora sí, te incorporaste con brusquedad, manoteaste en la mesilla buscando el teléfono, joder, dijiste con voz pastosa, joder. Aproveché para recuperar mi móvil del pantalón, las ocho llamadas de Inma. Preferí escribir un mensaje que llamarla, no confiaba en engañarla con mi voz: estoy terminando de cenar con la gente del máster, no te acuerdas de que te lo dije, llegaré tarde. Me contestó con una disculpa, no recordaba lo de mi cena, se iba a acostar temprano, buenas noches. A mi espalda, tú escribías también en tu móvil, la luz de la pantalla perfilaba tu desnudo, imaginé que también mentías a Óscar, alguna excusa laboral, horas extra nocturnas, llegaré tarde, no me esperes despierto. Soltamos los móviles, restablecimos la oscuridad con un suspiro acompasado y sonoro, como si apagásemos una vela, y nos buscamos a tientas, ahora me ofrecías la espalda, me encajé en el cuatro de tu cuerpo y pasé un brazo, me tomaste la mano, nuestras manos ya viejas conocidas, entrelazamos los dedos, volvimos a cerrar los ojos.

DIARIO DEL SUEÑO, 28 DE FEBRERO

Buena noche. Seis horas seguidas. Lorazepam y Dormidina. Dos cafés en todo el día.

Antes de apagar estuve trabajando (leyendo).

Diría que comencé a quedarme dormido leyendo cuando empezaron las malas noches, por el cansancio acumulado que me noqueaba durante el día. Pero tal vez fue antes, quizás me venía adormilando con la lectura desde tiempo atrás y fue el propio desasosiego de no avanzar el que contribuyó a quitarme el sueño de noche. Supongo que al principio no le daba importancia; qué tiene de rara una breve cabezada en mitad de la lectura. Y todavía era asumible: una o dos siestas cortas a lo largo de la mañana que solo me retrasaban un poco. No recuerdo bien, pero supongo que empecé a preocuparme cuando vi que necesitaba más horas para completar una lectura y sacar adelante un informe, unas correcciones editoriales, la revisión de un libro de texto, una traducción supervisada, la novela propuesta para el próximo club de lectura, trabajos de máster por evaluar, los ejercicios de mis alumnos del taller de escritura. Cuando vi que para cumplir un plazo debía terminar leyendo deprisa, en diagonal o saltándome párrafos descriptivos y atendiendo solo a las líneas de diálogo. Cuando vi que mis clientes me reprochaban retrasos, despistes, feas repeticiones sin subrayar, erratas que la propia editora o el autor encontraban, furiosos, una vez publicado y ya irremediable. Cuando vi que en una misma mañana alternaba tres, cuatro desvanecimientos y muy pocas páginas entre ellos, forcejeando para seguir leyendo, volviendo atrás por no recordar lo último leído, perdiendo el hilo, insistiendo en la misma página varias veces, bizqueando: las letras formando líneas, escaleras, relieves. El dinosaurio emergente, el libro caído. Cuando vi que en toda una mañana de trabajo no había avanzado más de cien páginas, que además recordaba con dificultad. Cuando vi que mi ritmo de producción se frenaba, caía, se desplomaba y tenía que rechazar un encargo o perdía trabajos por no poder atenderlos en plazo. Cuando vi que pasaba las mañanas laborales en un estado de somnolencia intermitente. Cuando vi que la lectura me daba sueño, sí. Cuando vi que la lectura me daba sueño en cualquier momento del día menos por la noche al acostarme. Cuando vi que leer era un remedio infalible para dormir, salvo si lo intentaba en la cama al final del día. Cuando vi además que las siestas intermitentes de la lectura diurna agravaban mi falta de sueño nocturno sin a cambio darme descanso, como un picoteo continuo que te engaña el hambre sin alimentarte. Cuando vi que la somnolencia se agravaba si la noche anterior tomaba algún fármaco para dormir. Entonces sí empecé a preocuparme y a pensar si no sería una extraña forma de narcolepsia, un trastorno del sueño no descrito aún por los especialistas, una narcolepsia lectora que no aparecía en Google. Una narcolepsia exclusivamente lectora: no que leer me ayudase a dormir, sino que apenas podía leer sin quedarme dormido. Una narcolepsia lectora y diurna, pues por el día forcejeaba para mantenerme despierto, pero por la noche leer no me servía más que para un sueño superficial y sin continuidad. Una narcolepsia lectora, diurna y sarcástica, ya que si intentaba intercambiar mis horarios de trabajo y de sueño, y lo intenté, si intentaba dormir por el día y trabajar por las noches, solo conseguía pasar la noche dando breves y nada reparadoras cabezadas sin apenas avanzar en la lectura, para luego arrastrarme en la mañana como un muerto viviente. Una narcolepsia incompatible con mi trabajo, como el camionero que cierra los ojos al volante y se sale de la carretera, o la costurera que se adormece con el ronroneo de la máquina de coser y destroza la pieza o se taladra el dedo, así yo: el lector que se duerme leyendo.

[01:37]

Esa raya vertical de sol que se colaba de nuevo en la habitación solo podía significar que había amanecido, que al menos había amanecido, pero no sabía si era la primera hora de la mañana, el mediodía, la tarde otra vez, yo no era capaz de despertar del todo, ese dormir como pozo profundo del que emerges tras varios intentos, trepando débil y solo logras agarrarte al borde sin fuerzas, incapaz de subir el cuerpo, y te acabas soltando y dejándote caer; no conseguía despertarme, no sé si de verdad te vi levantarte o lo estaba soñando, o en el recuerdo mezclé sueño y realidad, diría que te vi y te oí levantarte, moverte en la penumbra de la habitación, entrar en el baño a oscuras, orinar, sentarte en la cama en lo que yo creía un regreso pero debías de estar poniéndote los zapatos; diría que me acariciaste el pelo o me diste un beso en la frente o me hablaste o me chistaste invitándome a seguir dormido; diría que estiré un brazo tratando de retenerte, te agarré sin fuerza como quien se agarra al brocal del sueño, diría incluso que te retuve un instante y tú te tumbaste, ya vestida, a mi lado, unos segundos antes de volver a levantarte; diría que dijiste algo, supongo que adiós, y que oí la puerta abrirse y cerrarse y tus pasos en el corredor, pero no confío en mi recuerdo, los pasos no se oyen en los hoteles, pasillos enmoquetados y puertas aislantes, y yo volví a caer en el pozo, otro intento fallido de salir, como quien, incapaz de tirar del cuerpo hacia arriba, suelta las manos y se deja caer lenta, muy lentamente, sin apenas gravedad, me dejé caer lentamente y con solo un pensamiento, un destello de lucidez antes de volver a dormirme, una única frase que puede que hasta pronunciase en voz baja: todavía no sé tu nombre.

DIARIO DEL SUEÑO, 1 DE MARZO

Mala noche. Tres horas en total, desvelado de madrugada y ya no más. Una copa de vino, uno o dos cafés. Dormidina. Varias cabezadas mientras trabajaba.

El adormecimiento lector llegó después de meses en los que cada vez me costaba más leer, concentrarme en lo leído. Recorría los renglones hilando letras para formar palabras y unirlas en frases cuyo sentido se me escapaba. Me detenía al final del párrafo, como si no lo hubiera leído, como si solo hubiese pasado los ojos por encima hilando letras y formando palabras y frases incomprensibles, como quien lee un idioma extranjero. Mi velocidad de lector profesional, mis quinientas palabras por minuto, cien páginas por hora, se ralentizaban de pronto a cincuenta, cuarenta páginas por hora. No era que leyese más despacio, sino que tenía que volver a lo ya leído porque me había dejado ir, había resbalado por la página, como el conductor que automatiza sus movimientos y, después de kilómetros abstraído en sus pensamientos, se sorprende de haber recorrido toda esa distancia, como si no hubiera sido él quien condujera. Así yo leyendo un manuscrito para hacer un informe de valoración, corrigiendo los textos de una revista, o aún peor, revisando una traducción, tarea que exige mayor atención. Pensé incluso en un principio de senilidad, degeneración neuronal, agotamiento de capacidades, pero era algo más sencillo: me distraía mientras leía. Comenzaba muy concentrado, pero a las pocas líneas mis ojos seguían leyendo sin que el cerebro los acompañase, estaba pensando en otra cosa, sufría interferencias, pensamientos intrusivos. No necesitaba graves preocupaciones o dilemas urgentes: podían ser pensamientos banales, un recuerdo a destiempo, los restos de una conversación de unos días antes, una canción tonta cuyo estribillo sonaba en bucle en mi cabeza, el gusano del cerebro, gusano del oído, *earworm*. Me distraía, me desentendía de lo leído, completaba la página sin retener apenas nada. A veces incluso me distraía pensando en mi propia distracción, me distraía pensando por qué últimamente me distraía tanto. Me distraía el agobio de saberme distraído, me distraía recalcular el tiempo de trabajo para cumplir un plazo, me distraía la conversación imaginaria con la editora a la que tendría que solicitar un día más de margen. Me distraía reflexionando sobre la condición distraída de nuestro tiempo, buscando explicaciones, culpando a la tecnología y la multitarea, a las condiciones materiales de vida, a las ansiedades contemporáneas, haciendo sociología de andar por casa, vaticinando el final de la literatura cuando ya no queden lectores capaces de concentrarse unas horas. Me distraía preguntándome quién puede leer todavía, quién es capaz del esfuerzo y la atención y la continuidad que exige la lectura. Me distraía haciendo pronósticos agoreros, un futuro próximo, ya casi presente, en que la inteligencia artificial me deje por fin sin trabajo, no porque la IA lea más rápido y con menos errores que un humano: es que no se distrae ni se adormece. Me distraía recordando las semanas de confinamiento por la pandemia, hace unos años, la última vez que pudimos leer durante horas, detenido el mundo y su capacidad distractiva. Me distraía pensando en el auge de los audiolibros, toda esa gente que escucha novelas o ensayos mientras hace deporte, cumple tareas domésticas o conduce, el automatismo del conductor distraído de la carretera mientras atiende a un libro. Me distraía recordando mi incapacidad para seguir una novela en audiolibro, por la desesperante lentitud del relato escuchado en voz alta, acostumbrado a mi velocidad lectora. Me distraía lamentando que otra vez me había distraído pensando en mi propia distracción, recalculando el tiempo de trabajo, haciendo sociología de andar por casa, pensando en chorradas. Volvía atrás, una, dos páginas, hasta donde recordase haber leído conscientemente por última vez, y me concentraba más, o me decía a mí mismo que me iba a concentrar más, y lo conseguía: avanzaba renglones, párrafos, una página, otra, hasta que regresaban la niebla, las interferencias, los recuerdos, las reflexiones, la canción gusaneándome el cerebro, el agobio, la evidencia de que me había vuelto a ocurrir.

[01:44]

No puedo dormir sin ti. Seguía sin saber tu nombre pero tampoco te lo pregunté cuando retomé el contacto varios días después con solo esas cinco palabras: no puedo dormir sin ti. Tampoco te lo preguntaría en las siguientes citas pues entendí, asumí, que nuestro anonimato ya no era un descuido sino una decisión, la condición necesaria para nuestros encuentros: no saber, no querer saber ni nuestros nombres. No puedo dormir sin ti, te escribí varios días después, cuatro, tal vez cinco días desde la segunda noche juntos, los suficientes para comprobar que no podía dormir sin ti, y que además no podía dormir pensando en que no podía dormir sin ti, pensando en por qué no podía dormir sin ti. No puedo dormir sin ti, sonaba incluso ridículo, sonaba a canción juvenil, sonaba romántico y desesperado cuando en realidad era una afirmación exacta, sin exageración ni sentimentalismo: que no podía dormir sin ti. Te lo escribí después de cuatro o cinco días sin noticias tuyas, cuatro o cinco noches sin dormir bien o sin dormir nada, cuatro o cinco noches pensando que no podía dormir sin ti, recordando una y otra vez, con el detalle obsesivo y ampliado de quien no puede dormir, viéndonos dormir, viéndonos como si nos hubieran grabado, una cámara con visión nocturna y plano cenital y nosotros brillando en la oscuridad mientras giramos coreografiados en la cama. Necesito verte, añadí, necesito verte, y podía haber dicho más: necesito verte porque no duermo, necesito verte para dormir contigo, necesito verte porque no puedo trabajar, paso el día revisando el móvil por si llega tu mensaje, acabo escribiéndote un largo párrafo que borro sin enviar, silencio tu contacto por si llega tu mensaje y lo ven por descuido Inma o mis hijos, pero si te silencio me veo obligado a mirarlo más veces, así llevo cuatro, cinco días, apenas avanzo con las lecturas y voy tarde con los plazos de entrega, además de adormilarme entre renglones ahora también apareces tú en la página, eres el dibujo emergente, el dinosaurio cuando bizqueo de sueño o cuando bizqueo intentando recordar tu cara, me cuesta recordar tu cara, apenas te he visto, no te miraba a la cara mientras caminábamos aquella noche, no te la veía en la oscuridad de las habitaciones, siento que si te encontrase de pronto, si nos cruzásemos por la calle, no te reconocería, y tampoco puedo buscar una foto tuya, fisgar en tus redes sociales si las tienes, pues no sé tu nombre ni tú el mío. Pero solo te dije, solo te escribí: no puedo dormir sin ti, necesito verte. Esta semana es imposible, me contestaste tras dos interminables horas: esta semana es imposible, tengo un viaje. Yo estaba a punto de pedirte que me dijeras adónde, en qué ciudad, dispuesto a viajar a tu encuentro, pensando en hoteles lejanos, en habitaciones donde entraríamos a oscuras sin meter la tarjeta en la ranura de la luz, pero cortaste mi fantaseo viajero: y además esto es un disparate, no deberíamos vernos más.

DIARIO DEL SUEÑO, 2 DE MARZO

Noche entera sin dormir. Ni siquiera me acosté. Trabajando. Un par de Dexedrines.

Cada cierto tiempo me veo obligado a pasar una noche sin dormir, para entregar en fecha un trabajo. Ayer, por ejemplo, tenía que terminar de redactar la unidad didáctica y el manual de la asignatura que impartiré y tutorizaré en un nuevo máster de creación el próximo curso, universidad privada y a distancia, mal pagado por supuesto, y tan prestigioso que me reclutan a mí como profesor. Otras veces puede ser un voluminoso libro técnico que el editor ya traduce con inteligencia artificial pero necesita revisión y corrección humanas, las memorias de un exministro que dicta sus recuerdos sin orden y hay que reescribir en su totalidad, textos corporativos que hay que pulir, o cualquier trabajo correoso y con fecha de entrega inamovible.

Como el mal estudiante la noche antes del examen, así también yo, la noche antes de vencer un plazo. Incumplida la planificación que hago al comienzo de cada trabajo, el reparto de páginas por horas y por días, el calendario de objetivos que una y otra vez debo recalcular para compensar el retraso acumulado, se acerca la fecha límite y va haciéndose evidente que una vez más no me saldrán las cuentas.

Incluso en los días previos aflojo sin querer el ritmo de producción, en parte por el cansancio, en parte porque ya he incluido esa última noche en la planificación, y sé que esas ocho o diez horas extra, intensificadas por la inminencia del vencimiento, serán decisivas. La ley de Parkinson: el trabajo siempre se expande hasta llenar todo el tiempo disponible para su realización. La ley de Parkinson incluye la última noche, por supuesto.

Lo he hablado con colegas lectores, editores, traductores, escritores, periodistas, y confirmaron mi sospecha: todos habituados a trabajar la última noche antes de vencer un plazo. Todos rematando sus trabajos en ese estado de excitación y agotamiento al que además queremos otorgar cualidades especiales, como un estado superior de conciencia, un trance en el que de pronto todo se resolviese, las últimas piezas encajasen, fluyese la escritura, como hipnotizados o poseídos, el toque de genialidad que necesita todo trabajo artístico o intelectual.

Nos engañamos: en realidad es una chapuza, un apretón final, fuente de errores, capacidades desaprovechadas. Informes, lecturas, correcciones, artículos, traducciones, reportajes o novelas rematados agónicamente, con un último empujón desesperado, con el cerebro al límite y el miedo en el cuerpo. Sabemos que es en detrimento de la calidad del trabajo, pero nos engañamos creyendo que esa última noche es un instante mágico, el organismo entero en tensión, la entrega absoluta.

No solo profesionales de la palabra escrita: sé de muchas actividades donde la última noche cumple la misma función, donde también el retraso y la chapuza se disfrazan de éxtasis. Profesores preparando una clase, investigadores universitarios, abogados ultimando una demanda, financieros cerrando una operación, parlamentarios elaborando una proposición de ley en las horas previas a su entrega al registro, ingenieros, arquitectos, programadores informáticos, conferenciantes, consultores, gestores culturales, diseñadores gráficos, sastres, investigadores policiales, técnicos de laboratorio, contables: todos la noche antes tomando café y bebidas energéticas y hasta birlando la medicación que sus hijos toman para el TDAH, y así lograr esa sensación de alerta e hiperactividad que confundimos con una capacidad extraordinaria que solo despertase en situaciones agónicas, en el último momento, apretados por el plazo, la respuesta de lucha o de huida, la inminencia del desastre, la amenaza del incumplimiento.

Todos luchando para no quedarnos dormidos, tecleando feroces, resolviendo lo pendiente a la carrera, dando por buena cualquier solución como si fuese extraordinaria, como si solo la hubiésemos podido encontrar así, llevando el cuerpo y el cerebro hasta sus límites.

Todos cabeceando al final de la noche, tecleando casi sonámbulos, volviendo atrás porque no recordamos bien lo que acabamos de escribir, apoyando un instante la cabeza en los brazos cruzados sobre el escritorio, solo un instante, enseguida incorporados, levantándonos, echándonos agua en la cara, saliendo a la terraza, tomando otro café, regresando al trabajo, recalculando la tarea pendiente según las horas restantes, hablando solos, viendo cada vez más cerca el final, maldiciendo el amanecer, tecleando más deprisa, celebrando cada ocurrencia como un hallazgo fabuloso, a punto de cumplirse la hora, dedicando unos minutos para escribir un correo con una mala excusa para retrasarnos una o dos horas más, una excusa desganada pues sabemos que el receptor la dará por buena porque sabe de nuestra última noche, porque él también tiene sus últimas noches, porque están socialmente aceptadas.

Y por fin, alcanzado el final, revisamos deprisa el trabajo de las últimas horas, nos sorprende su calidad dadas las circunstancias, eufóricos por haberlo conseguido, otra vez, otra noche infernal, otra noche genial, otro plazo salvado.

Otra chapuza.

[01:52]

Volvimos a vernos, claro que volvimos a vernos, aunque no sea muy exacto decir que volvimos a vernos: no nos vimos, nos encontramos pero no nos vimos. Una semana después de nuestro último intercambio de mensajes, de que yo te dijese que no podía dormir sin ti, y me hubieras contestado que era un disparate; una semana después, cuando yo empezaba a olvidarte, a darte por perdida, me escribiste de nuevo. Era ya de noche, acabábamos de cenar Inma y yo, acostados los niños, veíamos sin mucho entusiasmo cualquier serie, cuando me llegó un mensaje tuyo, de la mujer que seguía anónima, la mujer a la que identificaba en mi lista de contactos por el nombre de la ciudad donde nos conocimos. Solo me enviabas un enlace con una dirección, la de un modesto hostal céntrico, y un número de habitación, la veinte. Alterado, esperé que llegase un segundo mensaje con fecha y hora para la cita, esperé en vano hasta que comprendí que no había fecha y hora porque tú estabas allí en ese momento y me proponías unirme. Tiempo después supe, me lo contaste en alguna noche posterior, que el plan había sido tan impulsivo como tu mensaje: te habías quedado trabajando hasta tarde, le habías dicho a Óscar que no te esperase despierto porque tenías que terminar algo urgente, no había sospecha posible porque no eran raras tus horas extra nocturnas, aunque en esta ocasión no era una de esas noches con sobrecarga de trabajo y plazo apremiante, o sí lo era pero no podías concentrarte, tu propio dinosaurio entre los renglones de lo que fuera que intentabas acabar, así que te habías rendido, habías salido antes de la oficina, sin ganas de volver a casa para dormir, para no dormir; habías caminado un rato hasta que, al ver aquel hostal, habías entrado sin pensártelo, pedido una habitación, y una vez dentro me habías enviado el mensaje, confiada en que yo lo recibiría, dejaría todo, la cena sin recoger, la sorpresa de Inma al decirle que un colega estaba de paso en la ciudad y me proponía tomar un vino tardío, era una cita amistosa pero también profesional de la que podía salir algún encargo, hay que tomar muchos vinos tardíos para conseguir trabajos, hay que viajar y dormir en hoteles para llevar a casa un dinero con el que no podrías pagar esos mismos viajes y hoteles, cómo era aquello de que hay que comer muchos langostinos para llevar los garbanzos a casa, no le dije todo eso a Inma, solo le dije que un colega estaba de paso y me proponía tomar un vino tardío, no me esperes despierta porque volveré tarde. Me vestí deprisa, le di un beso traidor en la frente, salí a la calle y cogí una bicicleta de Sevici, pedaleé deprisa con la excitación de la promesa cumplida, la espera satisfecha; llegué al hostal, que ocupaba las plantas tercera y cuarta de un edificio más viejo que antiguo, dije que me esperaba mi mujer, di el número de habitación, la veinte, porque seguía sin saber tu nombre, el recepcionista me sonrió con una complicidad indeseable, habituado a amantes que usan su establecimiento, sus habitaciones baratas, para sus citas y no para dormir; me registró en su fichero con lentitud manuscrita de otra época, me dio una vieja y aparatosa llave, subí de dos en dos los escalones, abrí sin llamar, la habitación totalmente a oscuras que solo se desveló en el breve instante de la puerta abierta y la luz del pasillo; me pareció verte ya en la cama y, sin decirnos nada, sin encender una luz innecesaria, me descalcé deprisa, me saqué camisa y pantalón, avancé con los brazos adelantados, manoteando el aire hasta encontrar tus manos que también me buscaban, me recibían, me invitabas a acostarme a tu lado; me atrajiste apretando tu cuerpo caliente contra el mío, el olor reconocible de tu pelo, el exagerado y hasta cómico suspiro tuyo, mío o simultáneo, abandonarnos, aflojar, caer.

DIARIO DEL SUEÑO, 3 DE MARZO

Buena noche. Siete horas y media ininterrumpidas. Dormidina y lorazepam. Nada de alcohol, dos cafés para aguantar despierto la mañana y rematar el trabajo de la noche.

Sleep is for wimps, decía mi taza de desayuno de hace muchos años. Dormir es para flojos. Se le atribuye la frase a Margaret Thatcher, que aseguraba dormir cuatro horas por noche. Winston Churchill también dormía cuatro horas diarias durante la Segunda Guerra Mundial. Las mismas que Voltaire y Napoleón, asegura cualquier web de medio pelo. Edison consideraba el dormir un vestigio fastidioso de nuestro pasado cavernícola. Nikola Tesla únicamente necesitaba dos horas de sueño. Leonardo da Vinci, siestas de veinte minutos cada cuatro horas, como Dalí. Dormir era para flojos, gente sin talento ni ambición. Los ejecutivos de multinacionales y finanzas competían por ver quién dormía menos, recurriendo si hacía falta a medicamentos y drogas, porque *money never sleeps*, y cada hora dormida, cada hora que no operas en los mercados de otros países que siguen abiertos por la diferencia horaria, es dinero que pierdes, que dejas de ganar, que ganan otros. Los millonarios sí dormían, el sueño suficiente y reparador era parte de su vida acomodada, un lujo mayor que un avión privado, pero se levantaban a las cinco, y antes de que tú abrieses los ojos ya habían hecho su tabla de gimnasia, su meditación, y ganado en esas horas primeras del día veinte o treinta salarios mínimos mientras tú remoloneabas en la cama. Los visionarios encontraban su eureka en la lucidez de la noche en blanco, mientras el mundo dormía confiadamente. Estudiantes brillantes, opositores a notario o diplomático. Mandatarios mundiales que se sostenían en pie durante largas cumbres, negociaciones de madrugada donde el agotamiento podía llevar a sus adversarios a ceder o tomar malas decisiones. La lucecita del Pardo, el gobernante que vela por sus súbditos día y noche, sin descanso. Balzac escribiendo desde medianoche *La Comedia humana*, ingiriendo litros de café. Músicos entregados a su arte hasta el amanecer, poetas nocturnos que parecen poseídos, pintores furiosos, autores viriles que escriben novelas en un rollo de papel continuo, artistas malditos, comedores de opio, viajeros de paraísos artificiales, románticos, geniales. La noche era de todos ellos. Incluso de quienes yo no tenía precisamente por modelo: en una entrevista que leí por aquel tiempo, la escritora de novela romántica Danielle Steel aseguraba que su trastorno del sueño había sido una bendición: gracias a dormir menos de cuatro horas había podido escribir más de doscientas novelas y tenido nueve hijos.

En las largas horas de insomnio que hoy sufro, me río recordando a aquel joven que no quería dormir. Me río amargamente. Hoy que no puedo dormir. Como una broma macabra del destino. Ten cuidado con lo que deseas.

En mis años universitarios probé todo tipo de métodos para dormir menos, para dormir muy poco, para no dormir. En mi ingenuidad di por buena la existencia de una «élite del sueño», una meritocracia del madrugón, grandes nombres que marcaban cada época y compartían una misma condición: dormían menos. Dormían muy poco. No dormían. El secreto de su éxito.

Yo era un joven estudiante, un joven poeta, un joven aspirante a novelista, un joven lector bulímico, un joven cinéfilo, un joven que quería aprender varios idiomas, un joven que no quería dormir, un joven imbécil. Supongo que algo influía también mi educación familiar, el escaso valor que mi padre daba a las horas de sueño, su ética del trabajo que despreciaba al haragán, al que remolonea en la cama, al que no salta con el despertador y se ducha y viste y estira las sábanas sin que se hayan enfriado, al que simplemente se recuesta en la cama a leer y se queda adormilado, al que llega tarde al trabajo y al que se va el primero, porque a quien madruga Dios le ayuda, tiempo ido es tiempo perdido, el que la sigue la consigue. Dormir era para flojos, dormir era perder el tiempo.

Al principio me guie por mi intuición, sin consultar los métodos de todos aquellos triunfadores del sueño. Es decir, me guie por mi imbecilidad antes que por la de otros. Y mi imbecilidad juvenil me propuso, atención, dormir una de cada dos noches. Qué gran idea. Durmiendo una noche sí y otra no, reduciría mis horas de sueño a la mitad, con la consiguiente ganancia. De modo que a una noche bien dormida le sucedía un periodo de cuarenta horas despierto. Mientras mis compañeros de piso, y la mayoría de la humanidad que a esa hora vivía en la mitad nocturna del planeta, perdían seis, siete u ocho horas durmiendo, yo comenzaba la noche leyendo, para aprovechar ese momento inicial en que aún me mantenía fácilmente despierto. Cuando la lectura flojeaba, veía una película, hasta que en los últimos veinte minutos empezaba a dar cabezadas, rebobinando para volver a ver el minuto en que había cerrado los ojos, terminando de verla de pie. Paseaba por el piso, salía al balcón, tomaba otro café, a veces una anfetamina.

Trataba de escribir un rato, convencido de que en ese estado de agotamiento la mente se libera, el escritor es un médium, alcanza el trance. Había leído que la personalísima escritura de Kafka se debía a su insomnio, sus largas noches escribiendo en un estado mental alterado por la falta de sueño. Yo también podía ser Kafka. Y, en efecto, escribía: páginas que, después de volver a dormir, releía desanimado. Las últimas horas de la madrugada ya destinaba todos mis esfuerzos a aguantar despierto, resistir la llamada de la cama, ver el paso lento del reloj, escuchar el dormir exhibicionista de mis compañeros de piso. A veces salía a pasear, antes del amanecer, último recurso para no dormirme, fingiendo la exaltación del que recorre la ciudad mientras los demás se van despertando, como portador de un secreto, guardián del mundo durante la noche. Al día siguiente me arrastraba somnoliento, me quedaba traspuesto en clase, bebía un café tras otro, todo me irritaba, no tenía ganas de leer ni escribir, y al llegar la noche me acostaba temprano.

No, no funcionó mi método, lo admití tras varias semanas, pero tuve claro cuál era el problema: que era simplemente mi método; es decir, que no era un método. Y yo necesitaba uno contrastado, profesional, científico.

[02:01]

Solo una semana después fui yo el que replicó tu cita, exacta: después de otra semana sin poder dormir sin ti y pendiente del teléfono, entendí que no llegaba tu mensaje porque era mi turno, era yo quien debía escribirte a ti, así que repliqué tu cita: salí una tarde de casa con la habitual coartada laboral y, sin saber si tú podrías, acudí al mismo hostal barato. El recepcionista me saludó con demasiada confianza, me asumió como un nuevo cliente fijo, un amante de frecuencia semanal, incluso me dio la misma habitación, la veinte, como una muestra de complicidad, y comentó que le daría otra llave a mi mujer cuando llegase, pronunciando *mujer* como quien guiña un ojo. Subí, y vi por primera vez nuestro cuarto, pues la semana anterior no había llegado a verlo, había entrado a oscuras y salido a oscuras antes del amanecer tras siete profundas horas a tu lado. Al verlo, pensé que mi yo de antes de conocerte, aquel maniático que no podía dormir en los hoteles, el maniático que no podía dormir en buenos hoteles en viajes de trabajo, habría sentido repugnancia ante aquella colcha raída, las sábanas y el colchón vencido en el que con seguridad otros habían follado y se habían corrido y empapado la cama con sus parejas, con amantes, con desconocidas de aplicación de citas, con prostitutas, o a solas se habían masturbado; pero ahora me dio igual: asumí que era el precio a pagar por dormir contigo, pues en efecto era el precio que podíamos pagar si queríamos dormir juntos más veces, un hostal barato, un telo, no éramos como esos amantes que en películas y novelas pueden pagar cada semana un buen hotel, uno con albornoces doblados sobre la colcha pulcra y estirada, y una chocolatina en la almohada, sin que se resienta su economía doméstica ni sus parejas lo noten en la cuenta bancaria. Aparté la colcha y la sábana de arriba, me senté y solo entonces te envié el mensaje, idéntico al tuyo de una semana antes: la dirección del hostal, y el número de habitación, la veinte. Me descalcé, dudé si desvestirme ya, ni siquiera tenía la certeza de que fueses a venir, podía ser que no tuvieras fácil salir de casa, podías estar de verdad trabajando hasta muy tarde como otras noches, podías estar de viaje, podías no ver mi mensaje hasta horas después, y allí estaba yo, esperándote, recostado en la cama, con la cabeza apoyada en la zona de pared ligeramente ennegrecida por tantos que la habrían apoyado antes que yo pero ahora no me asqueaba, no podía ni sentir asco porque estaba entregado a tu espera, inmóvil, respirando con calma, no sé cuántas horas te esperé, el patio interior se fue apagando hasta dejarme a oscuras, oía gente andando en el pasillo, aquel hostal no tenía moquetas ni puertas que insonorizan, se oían pasos afuera que nunca eran tuyos, el abrir y cerrar de otras puertas, el arrastrar de una maleta con ruedas, toses, un televisor, por supuesto el gemir sobreactuado de una pareja follando en otra habitación, que al rato se convirtió en un gemir doble, o cuádruple más bien, dos parejas en dos habitaciones, una al lado y la otra tal vez en el piso superior, un *love hotel* de medio pelo, habitaciones por horas, parejas que salen por separado, sexo culpable, sexo triste, *I remember you well in the Chelsea Hotel*, y a esas alturas, de noche, invisible y ciego en la habitación oscurecida, escuchando el trasiego pasional de aquel hotelucho, me sentí perdido, me sentí derrotado, me sentí estúpido: tú no vendrías, sería una noche fallida, una cita incumplida, una coartada malgastada en casa, dudaba si irme o quedarme: si me quedaba no dormiría en toda la noche, aún menos y más difícil que de costumbre por la espera frustrada y la repugnancia que enseguida reaparecería; pero si me iba cabía la posibilidad de que finalmente vinieses, que no hubieras podido llegar antes y acabases entrando en la habitación a deshoras y yo ya no estuviera, así que me quedé, te esperé, no sé cuántas horas, tampoco me importaba ni quería mirar el reloj, me quedé hasta que los gemidos contiguos cesaron y los amantes de pocos recursos o clientes de prostitución regresaron a sus hogares, me quedé hasta que escuché ronquidos de quien sí había escogido aquel hostal para dormir, me quedé hasta que yo mismo me adormilé un poco, efecto del largo tiempo a oscuras, inmóvil y respirando calmo, como respondiendo a una técnica de relajación que me acabó venciendo, tal vez estaba dormido cuando se abrió la puerta, por eso mi recuerdo está dormivelado: se abrió la puerta al fin, se abrió la puerta sin que se colase luz del pasillo, se abrió la puerta y entró alguien, yo te esperaba pero en mi adormecimiento me desubiqué en tiempo y espacio: podía ser Inma entrando en nuestro dormitorio, podía ser alguien que se había equivocado de habitación, podía ser un ofrecimiento de servicios sexuales enviado por el recepcionista que me sabía solitario tras tantas horas; no te vi, no vi quién entró, quizás tenía cerrados los ojos, quizás estaba dormido y no llegué a despertarme del todo, recuerdo borrosamente que te oí desvestirte, te oí a ti o a quien fuera al desvestirse, el ruido de un zapato al caer, el roce de ropa al sacarse, el leve quejido de esfuerzo por quitarte una prenda ajustada; recuerdo que te sentaste en la cama, creo recordar que te sentaste en la cama y entonces sí eras tú, porque tus manos me buscaron pero no como una amante equivocada de habitación o una prostituta sugerida por el recepcionista, tus manos que solo podían ser tus manos me buscaron para situar mi cuerpo en la oscuridad y acostarte en el lado libre, tu lado de la cama; el colchón se venció en el centro como un sumidero y nos aproximó más, recuerdo que te giraste hacia mí, creo recordar que te giraste hacia mí y apoyaste la cabeza en mi hombro, recuerdo o creo recordar el olor reconocible de tu pelo pero tampoco es una memoria fiable porque a veces el cerebro me engaña y me ofrece el olor de tu pelo cuando no estás, recuerdo o creo recordar que quedamos así, en la misma postura de otras veces, la de la primera noche, tú apoyada en mi hombro y con una mano sobre mi pecho que esta vez conservaba la camisa como la primera noche, dos dedos metidos entre los botones, recuerdo o creo recordar o quiero recordar que así nos quedamos dormidos, o te dormiste tú si yo ya lo estaba, y si insisto en dudar, si no tengo claro si recuerdo o solo creo o quiero recordar, es porque a la mañana siguiente desperté y no estabas: el sol encajonado del patio alumbraba por las cortinas abiertas, abrí los ojos y yo estaba solo, recostado, vestido, arrugado, dudando de si habías estado, diciéndome que sí, que necesariamente habías estado porque yo había podido dormir toda la noche y cómo lo habría hecho sin ti, pero la duda permanece, no te lo pregunté cuando nos vimos más adelante, y ahí quedó esa noche que no sé si contar entre las nuestras.

DIARIO DEL SUEÑO, 4 DE MARZO

Son las cuatro de la madrugada y sigo despierto, incapaz de dormir, así que cojo el cuaderno.

Cada vez que en mi vida he intentado llevar un diario específico o temático, se acaba desviando y convirtiendo en otra cosa, en el diario personal que cuando me he propuesto escribir con continuidad siempre he abandonado. Me ha pasado a menudo, lo mismo con un cuaderno de lecturas que con un libro de facturas, la libreta donde registraba los primeros meses de vida de mi hijo, el seguimiento de un plan de entrenamiento cuando corría maratones. O este diario del sueño. Siempre acabo ampliando las anotaciones y excediéndome del limitado propósito inicial, hasta convertirlo en ese diario personal que solo consigo escribir así, cuando no debo, donde no debo.

A mis veinte años, tras el primer intento fallido de dormir una de cada dos noches, descubrí la existencia de una tal Polyphasic Society, consagrada a la causa de ganarle horas al dormir. Una supuesta organización norteamericana con ínfulas científicas y sin más existencia que un blog que podría haber montado cualquier veinteañero que como yo aspirase a ingresar en la élite del sueño. Me valía.

Durante semanas probé su catálogo de métodos posibles, todos basados en el principio de sustituir las seis, siete u ocho horas de sueño nocturno y continuo, por varios periodos de descanso más breves y repartidos. Todavía los recuerdo:

El Sueño Bifásico: avalado por su condición histórica, aceptado como la forma común de dormir de la humanidad hasta la aparición de la luz eléctrica. Consistía en dividir la noche en dos periodos de tres horas de sueño, con una pausa entre medias de dos horas, que podría aprovechar para leer o escribir. Pero en ese intervalo yo no acababa de espabilarme tras la primera y breve dormida, y además, antes incluso de acostumbrarme, decidí que seis horas totales de sueño seguían siendo demasiadas.

El Sueño Trifásico: tres descansos de dos horas, repartidos a lo largo del día: uno al anochecer, otro antes del amanecer, y un tercero en la tarde, separados por vigilias de seis horas. En total seguía durmiendo las mismas seis horas, poca ganancia.

El Método Everyman: dormir tres horas por la noche, y completarlo con tres siestas de veinte minutos a lo largo del día, durmiendo un total de cuatro horas. Un avance considerable, pero el sueño nocturno me resultaba insuficiente, me dormía profundamente y despertaba aturdido, y al llegar la primera siesta no estaba lo bastante cansado para dormirme de nuevo.

El Método Uberman: ocho siestas de veinte minutos repartidas a lo largo del día, sin ningún tramo de sueño prolongado en la noche. Presumía de ser el sistema usado por ¡Leonardo da Vinci! Pero yo no era un genio del Renacimiento: pasaba el día abotargado y sin fuerzas, y el reparto de pequeñas siestas durante todo el día era incompatible con horarios lectivos, laborales y sociales; no podías interrumpir lo que estuvieras haciendo para echarte tu siesta de veinte minutos. Me apenaba no aprovechar su ganancia radical, pues en total no dormiría más de tres horas diarias, pero no pude superar ni siquiera el «periodo zombi» que advertían sus defensores.

El Método Dymaxion: tras el poco éxito de los anteriores, probé el más radical de todos, solo al alcance de aquellos dotados por genética para dormir poco, según avisaban en el blog. Yo no creía serlo, pero no quería pasar sin intentarlo: nada más que cuatro sueños de media hora repartidos a lo largo del día y la noche. Dos horas en total. Comencé, pero al segundo día una de las siestas se convirtió en siete horas de sueño ininterrumpido con la alarma del reloj sonando sin oírla.

Pese a mis fracasos sucesivos, aún quise probar el método de la cuchara, que no aparecía en el catálogo pero del que había leído numerosos relatos. Dalí presumía de practicarlo, también los revolucionarios cubanos en Sierra Maestra, y en general soldados en guerra, cuando no hay tiempo para dormir porque el enemigo está cerca o hay que seguir avanzando en la noche. Consiste en dormir sentado, en un sillón o tumbona, o con la cabeza apoyada en una mesa y un brazo haciendo de almohada, nunca en una cama ni en horizontal. En la otra mano sujetas una cuchara, con el brazo colgando, y en el suelo colocas un cazo metálico. Te dejas dormir, el cuerpo se relaja, el sueño te alcanza fácil porque estás agotado y, cuando la mano dormida suelta la cuchara, esta golpea ruidosa el cazo, despertándote. Ya has dormido suficiente, lo mínimo que necesita tu cerebro, puedes seguir pintando, escribiendo, avanzando en el campo de batalla o, como en mi caso, luchando el resto de la noche para no caer dormido.

[02:11]

Aquel hostal, telo, *love hotel, sleep hotel*, se convirtió en nuestro lugar de encuentro, nuestra cama para dormir juntos; no podíamos pagar un buen hotel todas las semanas, uno de aquellos donde solo nos alojábamos en viajes de trabajo, así que aceptamos aquel hostal barato y especializado en encuentros sexuales y turistas mochileros, aceptamos la desagradable complicidad del recepcionista que nos incorporó a su nómina de amantes clandestinos, novios sin piso y puteros, y hasta nos motejó, simpático él, nos empezó a llamar la parejita de los miércoles: ya está aquí la parejita de los miércoles, decía al vernos aunque llegábamos siempre por separado, la parejita de los miércoles pues acordamos ese día como la noche en que dormiríamos juntos: tú podías faltar en casa una vez a la semana sin sospecha, simulando un viaje o un trasnoche laboral; y yo también fingía un viaje, pero necesitaba un día fijo para que fuese creíble: mis viajes no eran tan habituales como los tuyos, cada vez conseguía menos trabajos que incluyesen desplazamiento, así que me inventé a ojos de Inma una clase semanal en una universidad de otra ciudad, una sesión de un máster de escritura creativa; ya daba algunas clases y tutorías en un máster a distancia, pero me inventé otro presencial, coartada verosímil, qué estafa los másteres de escritura creativa a distancia, qué estafa los másteres a distancia en general, qué estafa los másteres de escritura creativa en general, pero su proliferación me sirvió para inventarme otro, presencial y en Madrid, en una universidad privada madrileña, qué estafa los másteres de escritura creativa de universidades privadas, qué estafa los másteres de universidades privadas, qué estafa las universidades privadas; simulé que debía estar cada jueves por la mañana en Madrid, por lo que tendría que viajar la tarde previa y dormir allí, todo creíble, todo una estafa creíble, y a veces le contaba a Inma anécdotas de clase y hablaba de falsos colegas y no menos falsos alumnos, o me quejaba de lo mal pagado que estaba para de paso justificar que no hubiese un aumento significativo en mis ingresos mensuales, cuando en realidad Inma no necesitaba detalles, yo no lo sabía entonces pero ella no necesitaba que mi mentira fuese verosímil ni iba a preguntar nada ni a revisar movimientos bancarios en busca de mis nuevos ingresos, ni a comprobar en la web del máster que yo no estaba entre los docentes; aceptaba mi coartada con la misma tranquilidad con la que yo encajaba que los viernes ella saliese a cenar con amigas y pasara la noche entera de copas, sin que se me ocurriera nunca preguntarle con qué amigas, dónde cenaba, qué bares abiertos hasta el amanecer, por qué se duchaba al llegar a casa, yo también me duchaba después de dormir contigo, me duchaba en el hostal o al llegar a casa, porque los másteres no huelen a tu piel ni a tu perfume ni a tu calidez durmiente. La parejita de los miércoles, los durmientes de los miércoles: nos encontrábamos en el hostal, sin necesidad de mensajes previos, pues acordamos que solo nos escribiríamos en caso de que un imprevisto cancelase la cita. Llegaba yo primero, ya que mi coartada, mi máster-estafa, incluía un viaje de varias horas y eso me permitía salir por la tarde de casa; llegaba andando al hostal, soportaba la broma habitual del recepcionista, entraba en nuestra habitación que siempre era la misma, la veinte, la suite reservada para la parejita del miércoles, decía siempre aquel tipo; quitaba la colcha mugrienta y las sábanas que conservaban algún pelo pese a estar lavadas, y colocaba nuestro juego de sábanas, uno que compré cuando nuestras citas se estabilizaron semanalmente, y que extendía y ajustaba al colchón, y al terminar nuestra noche recogía, doblaba y guardaba al fondo de un cajón en casa, y cada pocas semanas las metía en la lavadora por la mañana, aprovechando que no estaba Inma en casa, cuando todavía creía que a Inma le podía importar encontrar unas sábanas desconocidas y podía hacer preguntas y querer saber. Así que yo llegaba, preparaba la cama, me desvestía y te esperaba recostado mientras se hacía de noche, sin encender la luz, asumida por los dos la oscuridad que todo lo facilitaba; te esperaba hasta que tú, cada miércoles más o menos a la misma hora, llegabas y tamborileabas suave, casi inaudiblemente la puerta con los nudillos, no para que te abriese, tampoco por respetar mi intimidad ni porque temieses sorprenderme sin estar yo presentable, sino como una forma feliz de anunciar tu llegada, lo hiciste por primera vez en uno de nuestros primeros encuentros y ya se quedó como parte de nuestro ritual durmiente, un repiqueteo que siempre contenía la misma musiquilla, como una contraseña, llamabas a la puerta y sin esperar respuesta entrabas con la otra llave que te había dado el recepcionista y, silenciosa, sin decir nada, te desvestías con urgencia como quien se arranca el cansancio acumulado de días, habías caminado hasta el hostal con paso acelerado, como imantada por el deseo de acostarte y cerrar los ojos, llegabas impaciente, aliviada, diría que feliz, y yo te esperaba en la cama igual de cansado, imantado, deseoso, impaciente, aliviado y feliz, intuía tus movimientos en la penumbra o en el alumbramiento momentáneo de alguna ventana en el patio, y te hacía sitio a mi lado, ven, ven aquí, ven.

DIARIO DEL SUEÑO, 5 DE MARZO

Tardo en dormirme, me despierto antes de las cinco y ya no duermo más. Me quedo en la cama, cojo el cuaderno y escribo.

Con el paso de los años, aquel joven que intentaba ganar horas al sueño siguiendo métodos tomados de internet se fue rindiendo, desanimado por sucesivos fracasos en seguir métodos acientíficos que no solo le impedían ganar tiempo, sino que además le echaban a perder las horas de vigilia, por pasar buena parte del día somnoliento, desganado, lento de reflejos, incapaz de concentrarse. Se rindió a su pesar, o no se rindió del todo, pues con el correr de los años su necesidad de tiempo aumentaba cada vez más, pasada la juventud y llegada la edad adulta con sus mayores responsabilidades e imposiciones, cada vez menos dueño de su tiempo, su tiempo malvendido, malgastado o entregado a crecientes obligaciones: los primeros trabajos en el mundo editorial, que exigían rapidez para hacerse un nombre, ganar clientes y asumir nuevos encargos que compensasen la baja remuneración. La llegada del primer hijo, con su demanda inagotable de tiempo, y sus noches de poco dormir pero sin ganancia temporal alguna. Las ambiciones juveniles todavía conservadas, las ambiciones artísticas, el poeta que ya no sería, la novela que no renunciaba a escribir algún día, los manuscritos en el cajón, los premios provinciales sin éxito. La actitud acumulativa ante la vida, que no decayó con los años, al contrario: tanto por leer, ver, aprender, viajar, probar, descubrir, disfrutar, conseguir; esa tiránica necesidad de sumar experiencias vitales, además de los caminos laterales por explorar, las vidas que no podrás vivir pero al menos quieres asomarte, y que acucian cada vez más con la llegada de la madurez. Las distracciones crecientes, la dispersión mental, la multitarea, el cansancio y el desánimo, la interminable crisis de la mediana edad, los enamoramientos fugaces, los imprevistos familiares, las averías domésticas, las enfermedades propias y cercanas, las esperas médicas, los retrasos aeroportuarios. La vida en pareja, que tanta inversión de tiempo exige, los esfuerzos por mantener el entusiasmo amoroso, las discusiones conyugales que duplican su duración en posteriores reconciliaciones, el sexo programado semanalmente según recomiendan las revistas dominicales para conservar viva la pasión. Los hijos con su propia demanda de tiempo, tiempo de calidad además, no solo alimentarlos, bañarlos o recogerlos del colegio: leer con ellos, llevarlos a extraescolares, arrastrarlos a museos interactivos, acumularles también a ellos experiencias. El *scroll* sin fin, las redes sociales, la atención perdida, los buenos propósitos de septiembre y Año Nuevo, los ocho mil pasos diarios, los mejores ejercicios para fortalecer los brazos, las cinco piezas de fruta, el suelo pélvico, el hilo dental, todo devoraba tiempo, todo acortaba el día, todo invalidaba horarios y planificaciones, todo desbordaba e impedía que la vida cupiese en una vida.

Cada cierto tiempo, el joven ya no tan joven leía acerca de un nuevo método que prometía la enésima versión de su anhelo: descubra el secreto del sueño profundo y cumpla todas las funciones neurológicas y orgánicas en menos horas; experimente el día ampliado, una organización más eficiente del tiempo para que le cundan más las horas disponibles; alcance la máxima concentración, identifique los momentos más productivos del día, entrene la disciplina siguiendo las enseñanzas de un monje, de un entrenador de fútbol, de un CEO, de un militar; aprenda el mejor sistema de planificación de tareas y evite las fugas de tiempos muertos; conozca la forma de adaptar las últimas estrategias de gestión empresarial a la vida diaria, con consejos prácticos; comience a usar nuestro modelo de clasificación de tareas en función de su prioridad; ¿todavía no conoce el principio Eisenhower, la ley de Pareto, la metodología SMART, la técnica ABC, la pirámide de Maslow, el método 3-3-3, el ALPEN, la Pomodoro, el Timeboxing...? Nuestro joven héroe, cada vez menos joven, los probaba todos, con más curiosidad que intención, con distancia irónica a veces, riéndose de sí mismo incluso, contándoselo divertido a un amigo, sin llegar a comprometerse del todo con ninguno de ellos, sin continuidad y sin lamentar el tiempo perdido en probar sistemas para ganar tiempo.

¡Hasta la hipnopedia intentó! La hipnopedia, desacreditada por la neurociencia desde hace muchos años, pero que en su afán por ganar horas al sueño, o al menos sacar algún provecho de las horas que no podía evitar dormir, le llevó a dormir escuchando inútiles audios de aprendizaje de alemán. Los dejaba sonar junto a la cabecera de la cama, hasta que de improviso saltaba un anuncio, una publicidad chillona o el tráiler de una película de acción y se despertaba sobresaltado.

[02:22]

La parejita de los miércoles, los durmientes de los miércoles, pero pronto comprobamos que no teníamos suficiente con los miércoles, no nos bastaba con una noche a la semana de buen dormir, una noche a la semana de dormir fácil, dulce y reparador, una noche a la semana encerrados como astronautas o somnonautas en una cápsula insonorizada y cálida mientras el mundo quedaba afuera, el mundo con su ruido y su prisa y su agitación, el mundo derrumbándose sin sobresaltar nuestro sueño, podía empezar una guerra y nosotros seguiríamos durmiendo, Casablanca, Ilsa y Rick bebiendo champán mientras entran los nazis en París, se asoman a la ventana y ella dice: *With the whole world crumbling, we pick this time to fall in love*, el mundo se derrumba y nosotros nos enamoramos; *with the whole world crumbling, we pick this time to fall asleep*, el mundo se derrumba y nosotros dormimos; nada se colaba en nuestro cuarto, como si las ventanas de aluminio y las paredes delgadas del hostal fuesen gruesos muros de vasija nuclear, la envoltura vegetal de un hechizo que durase un siglo, un breve confinamiento pandémico, salíamos del mundo o el mundo salía de nosotros, cesaban el ruido externo y el interno, los pensamientos circulares, la niebla mental, las rumiaciones y cuentas nocturnas. Y aunque hablábamos, mientras nos quedábamos dormidos hablábamos, en los pocos minutos que tardábamos en ganar el sueño hablábamos, era el nuestro un hablar con sordina, en voz muy baja, casi más por arrullarnos que por necesidad de contar, que duraba poco y nos adormecía enseguida, a veces las minucias laborales o domésticas del día, algo que yo estaba leyendo, lo harta que estabas de tu jefa que iba de colega pero era una cabrona, una trastada de tu hijo, un recuerdo de infancia, una noticia del día o una película recién vista, en realidad daba igual, era breve, era hablar por hablar, más que un desahogo o una necesidad comunicativa era un escucharnos, un ronroneo que se iba aflojando y espaciando hasta quedarnos dulcemente dormidos, como un audio de meditación, el cuerpo ligero, la bajada de pulsaciones, el olvido completo de todo lo que nos alteraba solo unos minutos antes de encontrarnos. Por eso no nos conformábamos con dormir bien, muy bien, extraordinariamente bien, una noche a la semana, y pasar el resto de las noches maldurmiendo: el miércoles era un mínimo, la cita fija, a la que añadíamos cualquier otra oportunidad, otras citas posibles y siempre improvisadas, cada vez con más frecuencia, por pura necesidad, no necesidad de vernos, no necesidad de estar juntos: necesidad de dormir, de dormir bien, de dormir bajo nuestra campana blindada. Podía ser que un lunes a ti te cancelasen una reunión, no sé qué reuniones eran pero así lo decías, me han cancelado una reunión, y de pronto unas horas vacías a media mañana o en mitad de la tarde, horas vacías que no querías rellenar con el trabajo que nunca faltaba y para el que no había horas suficientes en la semana, así que me escribías, proponías un encuentro breve, y yo siempre dispuesto y sin problemas de horarios como trabajador autónomo, con mis hijos ya en edad de quedarse un par de horas solos en casa si Inma no estaba; otras veces era yo el que probaba suerte a media mañana, tenía el día tranquilo o no podía concentrarme o me moría de sueño, me moría de sueño pero no podía dormir, y entonces probaba, te enviaba un mensaje, te preguntaba y a menudo, cada vez con más frecuencia, aceptabas, me advertías que solo podías escaparte una hora, nos valía esa hora, era nuestra hora, un encierro fugaz en nuestra cápsula, una breve salida del mundo. Nos enviábamos un mensaje, quien tenía la iniciativa enviaba un mensaje al otro, un mensaje escueto, con solo la propuesta de plan, el lugar y hora: alguna vez el mismo hostal, si la cita era larga, para sorpresa y broma del recepcionista al vernos aparecer a deshoras: bueno, bueno, la parejita de los miércoles es ahora también parejita de los lunes a mediodía. Como no podíamos pagar tantas horas de hostal, telo, *sleep hotel*, cada vez que había posibilidad de vernos, como no éramos de esas parejas de amantes, no durmientes sino amantes, no imantados por el sueño sino por el deseo, esas parejas que pagan hoteles por horas para sus encuentros, no hostales, telos, *love hotels* a los que es mejor llevar sábanas propias, sino hoteles que ofrecen tramos horarios para la siesta del ejecutivo, para el amante económicamente desahogado, no así nosotros, en las citas más breves nos valía tu coche en el parking de un centro comercial, aparcado al fondo, donde no estacionaba nadie a esas horas, como espías que intercambian documentos; o mi coche para recogerte en una esquina y conducir hasta un barrio en construcción o un polígono, una calle trasera sin tráfico, con coches aparcados de otras parejas que también se buscaban pero no para dormir, y ahí echábamos una siesta breve pero profunda en el asiento trasero, sentados, tu cabeza en mi hombro, o tumbados con las piernas encogidas, mi pecho contra tu espalda, mi nariz en tu nuca, nuestras respiraciones serenas que empañaban las ventanillas cerradas. También hubo varias tardes de cine, cualquier película que no veríamos, una sesión con poco público, la última fila y dos espectadores dormidos, nada extraño en una sala de cine, la gente descansa mal por las noches y luego se queda dormida viendo una película, así nosotros en la última fila, con algún pequeño despertar sobresaltado por una explosión o un grito. Nos sirvió incluso un parque, un par de veces, en su zona menos transitada, tras unos setos, tumbados en la hierba como dos adolescentes o como dos mendigos, somos mendigos del sueño, nos decíamos mientras nos quedábamos dormidos, los durmientes del parque, los durmientes del Pont-Neuf; nos valía cualquier lugar, nos habríamos podido quedar dormidos en el sofá raído de un café, sentados en un portal, en la playa si viviésemos en una ciudad con mar, en una tienda de muebles, bromeamos con probar el departamento de colchones. Cada vez lo necesitábamos más porque cada vez nos costaba más dormir si no era juntos: nuestro patrón de sueño se había alterado del todo, ya no había noches buenas y noches malas, ya no éramos dos insomnes que de vez en cuando duermen bien: ya solo había noches juntos o noches separados. Habíamos descubierto cómo dormir, y no podíamos dormir de otra manera. Para agravarlo un poco más, cada vez dormíamos mejor cuando estábamos juntos. Nos íbamos conociendo en el dormir, pese a nuestro anonimato sostenido nos conocíamos cada vez mejor en el dormir, seguíamos sin saber nuestros nombres, no por descuido ni precaución, sino ya como un juego, una broma íntima, una clandestinidad de agentes secretos que se citan en un hostal y llegan por separado y tamborilean la contraseña en la puerta; no sabíamos ni nuestros nombres pero nos conocíamos cada vez mejor en el dormir, intimábamos en las noches más de lo que habríamos intimado hablando durante horas, encontrábamos nuestras posturas más favorables, girábamos a la vez, te apoyabas en mí y yo te acogía, me ofrecías la espalda y yo me encajaba en tu relieve, crecía una intimidad espontánea, sonámbula, que el resto de los días añorábamos al acostarnos, al no encontrar la misma sincronía en nuestras parejas, nuestras parejas que se nos iban volviendo extrañas en la noche, nuestras parejas con las que ya no podíamos dormir.

DIARIO DEL SUEÑO, 6 DE MARZO

Desvelado, me acabo levantando a las cinco. Me asomo a la terraza y cuento ventanas encendidas. El puto club de las cinco.

Durante un par de años hice trabajos para una de las primeras plataformas de «lectura ultrarrápida». A cambio de una cuota mensual, los usuarios pueden «leer» libros enteros en menos de quince minutos. Esa es la promesa comercial: lee un libro en solo quince minutos. En realidad te ofrecen «leer» resúmenes con las ideas principales, unas cuantas claves y algunas citas entresacadas, con las que ahorrarte varias horas de lectura, y que te permitirán hablar del libro como si en efecto lo hubieses leído. De hecho, los usuarios de estas aplicaciones ni siquiera tienen que leer esas pocas páginas de resumen: también pueden escucharlas en un audio mientras conducen o hacen deporte.

Ahora ya los elaboran con inteligencia artificial, más rápido y barato, pero en aquel tiempo éramos todavía lectores humanos, obligados a leer a gran velocidad pues cobrábamos una miseria por libro, ultrarrápidos los lectores profesionales para que pudieran «leer» ultrarrápidamente los lectores usuarios. Tuve que leer y resumir decenas de títulos, algunos clásicos y novelas de moda, pero en su inmensa mayoría eran libros de no ficción, sobre todo morralla de *management* y autoayuda en todas sus variantes: crecimiento personal, motivación, bienestar, *coaching*, biografías de deportistas exitosos, sabiduría oriental de saldo, blablablá. Todavía recuerdo algunos títulos, todos similares, imperativos, promisorios. *Controle su destino: despertando al gigante que lleva dentro. Poder sin límites: la nueva ciencia del desarrollo personal. Toda la vida es hoy: logra tu bienestar integral con la teoría de los cinco tiempos. Despierta: una guía para tomar consciencia y acceder a la vida que mereces. Libera tu diosa interior. Potencial oculto: la ciencia de conseguir grandes cosas. Mientras te tomas el café: tan solo 5 minutos al día para transformar tu vida. Desata tu éxito: un método infalible para desatar todo tu potencial y llegar ahí donde siempre has soñado. Los 7 hábitos de la gente altamente efectiva. La trampa del confort: por qué una vida sin comodidades puede sanarnos física y emocionalmente. El poder de la concentración absoluta: herramientas prácticas para curarse de la distracción. Nadalízate: aprende del mejor deportista español de la historia cómo sacar lo mejor de ti. La vida en los confines de la Tierra: vivencias de exploradores polares para inspirar nuestro día a día...*

Me divertía mientras trabajaba, me burlaba de toda aquella cháchara, los ridiculizaba leyéndole fragmentos a Inma o compartiéndolos con amigos. Pero al mismo tiempo eran mi placer culpable. Mi vicio secreto. Leer libros productivistas, para alguien obsesionado con el tiempo, las horas del día, aprovechar cada minuto, dormir menos, ser más eficiente..., era como ser alcohólico y trabajar de camarero. Daba sorbos a escondidas. Anotaba ideas en mi cuaderno. Ideas obvias, ideas ridículas, ideas inviables, ideas tentadoras. Ensayaba algunos consejos, los aplicaba en mi vida. Siempre sin continuidad, con descreimiento, solo sorbitos por probar a qué sabe, no me emborracho, que yo controlo. Hasta que me tocó resumir *El club de las 5 de la mañana: controla tus mañanas, impulsa tu vida.* Y me bebí la botella entera.

Como hacía con el resto de los libros, lo leí con desprecio, desde mi pretendida superioridad intelectual: yo no era un idiota que consume lecturas homeopáticas. Otro librito más que ofrecía el secreto para ser feliz, vivir tranquilo, estar sano, ser más productivo, ganar el primer millón, en cómodos pasos, al alcance de cualquiera, con solo la fuerza de tu voluntad, que nada te lo impida. En este caso, además, autoayuda vestida de novelucha con moraleja. Todo me resultaba risible, pero el hábil autor disparaba a mi punto débil: el tiempo. El tiempo que se nos escapa, el tiempo que no nos alcanza, el tiempo que malvendemos, que perdemos, que no sabemos ya de dónde rebañar. Y la solución no podía ser más simple: levántate antes. Madruga. Empieza el día más temprano.

Durante más de un mes, en lo que supuso mi mayor compromiso con un método, me levanté a diario a las cinco de la madrugada. Como miles de seguidores que en foros se decían orgullosos miembros del club de las cinco. La contrapartida, según el libro, era acostarse a las nueve y media de la noche, pero esa condición era totalmente incompatible con mis horarios de español, trabajador autónomo y con hijos. No importaba: acostarme cerca de la medianoche no me impediría levantarme a las cinco, y de paso añadía la ganancia de unas pocas horas libradas del sueño. Además, el libro daba validez a una obviedad que yo llevaba años comprobando, como autónomo y como padre: todo lo que no hagas a primera hora va volviéndose más improbable en progresión geométrica según avanza el día, hasta su imposibilidad total.

Los primeros días me levantaba sin esfuerzo ni pesar, con ganas, energía, entusiasmo, como suele pasar en los comienzos de cualquier método nuevo. Tras espabilarme un poco, aplicaba sin perder un minuto el sistema propuesto en el libro y que había cambiado la vida a millones de personas, practicado por numerosas celebridades citadas en la faja promocional: el sistema 20-20-20. De cinco a seis de la mañana, tenía que dividir esa primera hora en tres periodos de veinte minutos, cada uno con una tarea, una consigna: muévete-reflexiona-crece. Empezaba con veinte minutos de ejercicio físico, que solía resolver con unas flexiones y sentadillas, los primeros días con fuerza y sintiendo el placer del cuerpo capaz, y según pasaron los días cada vez más desganado. Los siguientes veinte minutos, consagrados a la reflexión, podían ser de meditación, planificación, oración, contemplación o, en mi caso, escritura de un diario, hábito que siempre intenté mantener desde joven sin lograr nunca continuidad. Los primeros días escribía despacio, con buena letra, casi un ejercicio de caligrafía. El último tercio de esa primera hora debía emplearse en leer o estudiar, y decidí dedicarlo al alemán, que me propuse aprender con un curso a distancia. El resto del día lo organizaba siguiendo otras indicaciones del libro.

Pese a mi descreimiento, pese a burlarme públicamente del club de las cinco, yo también me sentí durante tres semanas orgulloso miembro del mismo. Los primeros días era cierto que, cuando se levantaban Inma y los niños, yo había puesto ya en marcha el día, sentía un íntimo bienestar al prepararles el desayuno y llevarlos al colegio, regresaba a casa no para arrancar con lentitud y desgana la mañana, sino para continuarla con la energía ya convocada horas antes, concentrado y motivado, resolvía lo laboral con más facilidad y menos tiempo, y según avanzaba el día iba apreciando la ganancia, más cansado pero con la satisfacción del deber cumplido.

Tres semanas, o menos. A mediados de la segunda ya me pesaban las pocas horas de sueño. No conseguía acostarme temprano, y al meterme en la cama me agobiaba lo poco que iba a dormir; y ese pensamiento me impedía relajarme, de modo que iba perdiendo minutos de sueño, y cuantas menos horas me quedaban, más me costaba dormir. Me levantaba en mitad de algún ciclo del sueño, sin oír casi la alarma, Inma enfadada por haberla despertado con «esa gilipollez que te ha dado de levantarte antes que las gallinas». Me iba al salón y me desplomaba en el sofá. Un par de mañanas me quedé dormido, hasta que Inma se levantó a las siete y se mofó de mí al encontrarme en el sofá, encogido de frío. Otras, cumplía con el ejercicio físico, pero con tablas gimnásticas cada vez más ligeras. Los veinte minutos de escritura en el diario eran mecánicos, escribir por escribir, nada que contar. Los veinte minutos de estudio me daba de cabezazos contra estructuras gramaticales inextricables y balbucía palabras sin sentido. Algunos días abría el navegador para seguir el curso de alemán, pero cualquier búsqueda apremiante me hacía resbalar por el fácil tobogán del *scroll* sin fin, para terminar veinte minutos después viendo en YouTube el concurso de mates de la NBA de 1988, o incluso peor: viendo vídeos de triunfadores que mostraban su *morning routine*, su envidiable, insultante e imposible *morning routine* organizada al minuto: deporte, cuidado personal, meditación, buenos alimentos, trabajo, empezando por supuesto a las cinco, incluso antes de las cinco. El resto de la mañana me la pasaba abotargado, sin la energía de los primeros días, tratando de convencerme de seguir, solo necesitaba pasar el periodo de adaptación que otros miembros del club aseguraban haber superado.

No, el club no era para mí. Dormía poco, acumulaba cansancio, malgastaba la primera hora, me costaba centrarme el resto del día, me volvía irritable, discutía más con Inma, me quedaba dormido a deshoras, y me decía que no, que el club no era para mí, para ningún padre o madre, para ningún trabajador autónomo, para ningún adulto con horarios españoles, ni para la mayoría de las personas que llevábamos vidas incompatibles con métodos ideados por millonarios norteamericanos que no deben ocuparse de criar hijos ni hacer tareas domésticas, y pueden acostarse a las diez. Pocos privilegios hoy son comparables a acostarse temprano, un distintivo de clase. Mi último argumento fue el definitivo, suficiente para abandonar: si el método realmente funcionara, se extendería, se popularizaría, lo seguiría cada vez más gente. Y cuando todos perteneciésemos al club de las cinco, perdería su sentido y provecho, y tendríamos que levantarnos a las cuatro para ganar esa hora extra antes de que los demás se levantasen a las cinco. Fin.

[02:37]

Solo una vez viniste a mi casa, solo una vez y no quisimos repetir: me escribiste a media mañana un lunes, me dijiste que os habían enviado a casa a teletrabajar por no sé qué incidencia, una avería, un corte de luz, tampoco me diste detalles porque tus mensajes siempre eran escuetos, solo me contaste que necesitabas urgentemente dormir, dormir un rato, un minuto, un siglo. Ven a mi casa, te propuse sin pensar, era mi deseo somnoliento el que tecleaba, Inma nunca volvía antes de las tres y las pocas veces que adelantaba su regreso me avisaba por si hacía falta comprar algo, así que te lo propuse sin pensar: ven a mi casa, y sin darle tiempo a responder te envié mi dirección. No contestaste, y pasé veinte minutos o más dudando de si tu silencio era una negativa, había sido una mala idea, cruzar una línea hasta entonces sagrada, nuestras casas, durmientes vagabundos. Pero sonó el telefonillo, abrí sin preguntar, en las mañanas sonaba a menudo, el cartero, un mensajero, un vecino sin llave, y yo expectante detrás de la puerta como un perro que escucha el ascensor, nervioso, hasta que sonaron tus nudillos en la puerta del piso, tu contraseña. Antes de abrir bajé las persianas del salón, como replicando nuestra habitación que era cualquier habitación donde estuviésemos juntos; bajé las persianas y al abrir la puerta tú tampoco habías encendido la luz del descansillo, la complicidad de lo oscuro, entraste y me pediste que no hablase, sin una sola palabra, solo sssiseaste una larga essse que me ahorró saludarte, agradecerte, preguntarte si querías tomar algo, tranquilizarte sobre la improbabilidad de que regresase antes mi mujer, hablar de más como siempre me pasa; tú me ssssiseaste con dulzura, habías venido para dormir, solo dormir, te tomé la mano para guiarte por el salón en penumbra hasta el sofá, me pareció más apropiado o menos adúltero que el dormitorio, te sentaste y tiraste de mí, nos recostamos hasta quedar tumbados, tú boca arriba, yo con medio cuerpo sobre ti por falta de espacio, no era nuestra postura habitual, lo que añadía más extrañeza a aquella cita, me acogiste en tu pecho con un abrazo flojo, te pregunté si no te estaba aplastando pero me volviste a mandar callar, no sé si cerraste los ojos, yo tenía la cabeza apoyada en tu pecho, escuchaba tu corazón pero tampoco me atreví a decirte que escuchaba tu corazón porque no querías oírme, solo dormir. No dormimos, yo al menos no dormí y estoy seguro de que tú tampoco, incapaces de relajarnos, sintiéndonos intrusos e imprudentes, temiendo que en cualquier momento apareciese Inma por improbable que fuese, que apareciese y qué le iba yo a decir, no es lo que parece, la frase manida porque en efecto no era lo que parecía, y qué era entonces, no es lo que parece, solo estábamos durmiendo, cuando ni siquiera estábamos durmiendo, solo éramos dos adultos tumbados en el sofá, abrazados, en un salón con las persianas bajadas, en un lunes laborable, mi oreja sobre tu pecho escuchando tu corazón que no llegaba a ralentizarse ni tampoco me apaciguaba del todo, de vez en cuando un suspiro tuyo o mío, un sonido del exterior que nos devolvía a la realidad, un ladrido, un timbre de teléfono, el ascensor, tu risa, te acabaste riendo, la risa una vez más como escapatoria, tu pecho se agitó con una risa casi tosida, me reí yo también, me aparté y dejé que te levantases y te marchases sin decir nada, los dos un poco avergonzados de nuestro plan temerario, nuestras ganas descontroladas, también avergonzados de nuestra incapacidad de dormir por primera vez, roto el hechizo de pronto. No lo repetimos. Tampoco lo necesitábamos: para dormir juntos, una noche entera o solo unos minutos, nos valía cualquier lugar, nuestra cápsula de silencio y calma se volvía portátil, sin necesidad de habitación o cama, la cápsula éramos nosotros, iba con nosotros, se activaba cual campo magnético solo con estar juntos.

DIARIO DEL SUEÑO, 7 DE MARZO

Me acuesto a las 00:30 h.

Me levanto a las 07:00 h.

No tardo mucho en dormirme, solo me despierto una vez en la noche. Cinco horas y media en total.

Nada de alcohol ni café, una Dormidina.

Antes de apagar la luz, veo vídeos. A veces me quedo dormido con ellos. Hoy son caídas de ciclistas en competición, caídas terribles, caídas tontas, caídas multitudinarias, caídas de barranco. Otras noches el algoritmo me ofrece, uno tras otro, vídeos de máquinas fabricando objetos cotidianos, la hipnótica secuencia de movimientos, giros, cortes, ensamblajes. También pueden ser persecuciones policiales filmadas desde un helicóptero, bromas de cámara oculta en un ascensor, asiáticos cocinando platos increíblemente laboriosos. Vídeos ASMR de «cosas satisfactorias»: piezas encajando en lugares exactos, el corte regular de fruta, objetos entrando en trituradoras, las manos de un ceramista en un torno. O gente durmiendo.

Una noche acabé en el canal de una joven, francesa o belga, no recuerdo bien, que a diario dejaba una webcam encendida mientras dormía. Sus vídeos tenían millones de visionados, que imagino le dejaban un beneficio en forma de ingresos por publicidad. Cada noche ofrecía una emisión en directo: la pantalla mostraba un plano cenital, la cámara colgaba del techo o de algún soporte encima de la cama, todo bien preparado, nada improvisado ni chapuza, con cierto gusto, afán estético. La iluminación suave y la sensibilidad nocturna de la cámara le daban un tono grisáceo, no del todo bien definido. El encuadre era tal que los bordes de la cama coincidían con los de la pantalla, de modo que la podías ver de cuerpo entero, destapada y con solo camiseta y bragas. Dormida.

La observé durante un rato. Inmóvil, ladeada, un brazo bajo la almohada, las piernas encogidas. Si te fijabas bien, podías apreciar la respiración suave en su pecho. No parecía fingir sino dormir de verdad, pues la emisión duraba la noche entera, y no cambió de postura durante los minutos que estuve observándola. Volví muchas noches a su canal.

No sentía ninguna excitación, no era eso. Sé de gente que experimenta deseo sexual por las «bellas durmientes». Somnofilia, una variante del voyeurismo, hombres en su mayoría, que se excitan hasta llegar a masturbarse mientras ven a alguien dormir, sin necesidad de tocarlo. Trabajadores sanitarios sorprendidos eyaculando frente a una paciente sedada o incluso en coma. Leyendas sobre prostíbulos de lujo donde ancianos pagan por disponer de una joven narcotizada. Las bellas durmientes de Kawabata. Aquella Gisèle a la que su marido narcotizó durante años para que decenas de hombres la violasen.

Imaginaba que a esa misma hora habría muchos de esos hombres conectados, viendo a esa chica dormir, una chica joven y hermosa, con una camiseta corta que se le recogía al moverse y dejaba a la vista el ombligo, unas bragas flojas que se le metían entre las nalgas. Había leído que las plataformas de porno *amateur*, en su inagotable especialización parafílica, incluían contenidos para quienes se excitan viendo dormir a chicas desnudas que, estas sí, en algún momento, se acarician los pechos y se acaban masturbando mientras fingen dormir. Supuse que los auténticos somnófilos encontrarían aquello falso, teatralizado, nada excitante, porno vulgar; ellos preferirían ver durmientes de verdad, como aquella muchacha que no parecía fingir, que no se acariciaba, que no dedicaba ningún gesto a los mirones, que solo se giraba en la cama movida por su soñar, sin ninguna intención sensual. Me asqueaba pensar que aquellos hombres y yo estaríamos a esa hora mirando juntos, ellos masturbándose en sus casas.

Busqué otros canales similares, descubrí que había muchos jóvenes que exhibían su sueño. Algunos en primer plano, solo el rostro, copiando el encuadre de aquel vídeo de David Beckham durmiente en la National Portrait Gallery de Londres. Podías ver durante horas un rostro durmiente, incluso escuchar su respiración, sus leves gemidos, observar sus movimientos oculares en la fase REM. Otros eran más rudimentarios: adolescentes que dejaban encendida la webcam del ordenador en la mesita de noche o el escritorio, con mala iluminación pero a la vez más autenticidad: una habitación de verdad, desordenada y decorada al gusto juvenil, un chico o una chica arropados con un edredón, desenfocados y que se salían del encuadre al moverse. Supe también de youtubers famosos que exhibían su dormir de manera cretina: sus seguidores podían interactuar, pagando determinadas cantidades de dinero se les permitía activar a distancia *gadgets* en la habitación que hacían ruido, encendían luces, echaban agua o cualquier otra estupidez que despertaba con sobresalto al durmiente, que ni siquiera estaría de verdad dormido.

Lo comenté con mi hijo mayor y me contó que, durante el confinamiento del coronavirus, se hizo frecuente entre la gente de su edad dormir conectados a videochats con amigos. Él lo hizo también algunas noches: cada uno en su dormitorio, dejaban el móvil sobre la almohada, la luz de la mesilla encendida, y se iban quedando dormidos, hablando en voz baja, viéndose unos a otros cómo se les cerraban los ojos. Si se despertaba en algún momento de la noche, encontraba a los demás dormidos, y se sentía menos solo, eso me dijo.

[02:46]

Tanta dependencia desarrollamos, tanta necesidad de dormir juntos, que apareció incluso el fantasma de los celos. En mi caso al menos, no sé tú porque nunca lo hablamos, te lo podría haber contado y nos habríamos reído, yo lo recuerdo ahora y me siento ridículo y me parece cómico. Fue un miércoles, uno en que no fuimos la parejita de los miércoles: cancelaste nuestra cita porque te había surgido de pronto un viaje. En toda la última semana no habíamos encontrado ni un instante para dormir siquiera una breve siesta, yo te había escrito un par de veces con propuestas sin que me respondieses, y según pasaban los días y sobre todo según pasaban las noches de mal dormir, crecía mi agitación, mi malestar, me daba cuenta de que desde nuestro primer encuentro yo vivía en una permanente espera, pendiente del teléfono por si llegaba tu invitación a cualquier hora del día, interpretando tus silencios y ausencias prolongados, temiendo que todo terminase sin aviso, temiendo incluso que te pasara algo y yo no me enteraría, un accidente dormida al volante, cualquier percance fatal de salud, que estuvieses hospitalizada, que te murieses y yo no lo sabría y seguiría esperando tu mensaje, y en ese estado de espera desesperada que hoy veo risible pero que en el momento sentía atroz, tras una semana de no vernos y una semana de no dormir apenas, me fastidió tu mensaje cuando por fin llegó, en la misma mañana de aquel miércoles, para avisarme de que no podrías venir al hostal, tenías que salir de viaje. Esa noche me quedé en casa, le dije a Inma que no tenía clase ese día por una huelga, como si Inma necesitase explicaciones; me quedé en casa y por supuesto no dormí, y en mi fantaseo circular de insomne llegué a hablar contigo, aunque no en los términos por los que solían circular nuestras conversaciones imaginarias: esa vez te reproché tu incomparecencia, que no estuvieses disponible ese miércoles, que no hubieras intentado cambiar de fecha aquel viaje, qué era eso tan urgente que te obligaba a salir de la ciudad justo el miércoles, nuestro miércoles; incluso llegué a reprocharte, con dureza, en mitad de esa noche en vela llegué a reprocharte que no nos hubiéramos visto en toda una semana, increíble que no hubieses dispuesto ni de media hora, ni de una puta media hora, para un encuentro rápido en el coche o en un parque, imaginaba la conversación entera, tus respuestas defensivas, mis réplicas cada vez más agresivas, tus excusas, mis alternativas que invalidaban tus excusas, con la rabia contenida e incontinente de aquellos enamorados que, instalados en esa espera amorosa que no entiende de grises, que alterna histriónica entre la ilusión y la decepción, de pronto, sin motivo, por un malentendido, se sienten abandonados, se duelen penosamente, y en su sobreactuación tuercen el deseo hacia el rencor; recuerdo que me levanté un par de veces esa noche, esa larga noche de reproches y rencor, y busqué el teléfono para escribirte un mensaje, un largo y quejumbroso mensaje, un largo y despechado mensaje, que escribí y borré y volví a escribir y borrar varias veces y por suerte no te llegué a enviar. En mi rumia obsesiva, no de enamorado que anhela a su amada sino de insomne que anhela a su durmiente, asomaron de pronto los celos, por primera vez y con una fuerza que no había sentido nunca por Inma o por parejas anteriores, celos reforzados por el pensamiento obsesivo del no durmiente. Me da risa confesarlo, me siento ridículo confesándolo, pero pensé que no me necesitabas más: que ya dormías bien sola, incluso que ya no dormías bien conmigo, que en las últimas citas en realidad te habías quedado despierta, fingías dormir a mi lado, cerrabas los ojos y aflojabas la respiración para que yo te creyese dormida, y que por eso no habías encontrado un hueco en toda una semana, por eso no habías intentado cambiar ese viaje: porque ya no me necesitabas. Pensé, me da risa confesarlo, me siento ridículo confesándolo, pensé que ¡habías encontrado otro compañero de sueño! Que conocías a otro durmiente, alguien que te hacía dormir mejor que yo. Que nuestras citas se espaciaban y volvían difíciles porque tú estabas durmiendo con otro, sin descartar una posibilidad aún más mortificante: que fuese el propio Óscar, reconciliados en el dormir, a mis espaldas. Es cómico, es ridículo, lo sé, pero tú conoces bien cómo es el razonar irracional del insomne, y mi insomnio de aquella noche sin ti tomó la forma de un fugaz delirio: pensé que a esa misma hora, mientras yo daba vueltas desesperado en la cama, tú estarías dormida, felizmente dormida, abrazada a tu afortunado marido, o tal vez con otro durmiente por el que me habrías reemplazado y al que seguramente habrías conocido, como a mí, en uno de tus viajes; pensé, imaginé, fantaseé aguijoneado por esos celos nocturnos: te vi en la habitación de tu hotel, te vi con esa nitidez obsesiva y ampliada de quien no puede dormir y enciende un proyector en el dormitorio oscuro; te vi en la película de mi insomnio, en la película de mis celos sin sentido, te vi en la habitación del hotel al final del día, agotada pero incapaz de dormir; te vi bajar al bar del hotel, tal vez llevada por el recuerdo de nuestro primer encuentro, o quizás era lo que hacías en todos los hoteles cuando no podías dormir; te vi entrar en el bar de ese hotel de una ciudad que ni siquiera sabía cuál era pero que en mi resentido fantaseo era la misma ciudad, nuestra ciudad, y el mismo hotel, nuestro hotel; te vi entrar en el bar poco iluminado y con olor a suelo fregado, encontrar a otro hombre sentado a la única mesa que no tenía las sillas volteadas; te vi acercarte, sentarte; te oí decirle al desconocido que no podías dormir, y corresponderte él con una confesión similar, insomne él también, y ya imaginas el resto: mi fantaseo celoso se escribía sobre lo ya escrito, siguiendo la misma secuencia de nuestro primer encuentro: te vi intercambiar confidencias con aquel hombre, que por supuesto te invitaría a salir para buscar un bar abierto, pasearíais por las mismas calles y plazas, *tonight the streets are not ours but yours*, y a esa hora, mientras yo rumiaba mi abandono, vosotros estaríais sentados en el banco de nuestra plaza, que yo llamaba nuestra, apoyada tu cabeza en su hombro, los ojos cerrados; o tal vez a esa hora estabais ya en la habitación, en la tuya o la suya, qué más daba, tú con tu camiseta de Nirvana, *my girl, my girl, don't lie to me, tell me where did you sleep last night*. Cómico, ridículo, lo sé, pero el pellizco de los celos me duró hasta que dos días después, nada más regresar de tu viaje, me escribiste un mensaje y me propusiste una cita inmediata, me dijiste que la necesitabas porque no podías más, y acudiste puntual y me abrazaste y te quedaste dormida sin fingimiento, y mientras yo también me quedaba dormido pensé, entre divertido y avergonzado, en lo estúpido que había sido.

DIARIO DEL SUEÑO, 8 DE MARZO

Me acosté a las 04:30 h, me dormí inmediatamente pero me tuve que levantar a las siete.

Ninguna siesta en el día, dos cervezas, tres cafés.

Me quedé trabajando hasta tarde, terminando de corregir trabajos del máster. Al acabar, jugué unas cuantas partidas de ajedrez y miré pisos de alquiler. Cuando ya me iba a acostar, recordé un trámite pendiente que había olvidado y que se me acumularía en esta semana de sobrecarga laboral: la factura del club de lectura que coordino en una biblioteca de pueblo. Me caía de sueño, lo que no significaba que fuese a dormirme con facilidad, al contrario: cuando trabajo hasta tarde, la sobreexcitación de mi cerebro tarda en apagarse. Y será algo rápido, me dije, solo enviar una factura.

Busco los datos para preparar la factura, y veo que solo puedo presentarla de forma digital, previa alta a terceros. Uf. Me planteo si dejarla para el día siguiente, pero cuanto antes la presente, antes la cobraré. Así que abro la web del ayuntamiento y entro en el portal de la administración electrónica. Me registro como usuario, para lo que necesito firma electrónica, que por suerte ya tengo.

Una vez dentro, relleno el formulario con mis datos personales y fiscales. Recibo un correo automático de confirmación. Accedo al sistema. Mis gestiones/Instancia general/ Nueva instancia. Relleno un alta a terceros, tras descargar de mi banca electrónica un certificado de cuenta. Error 403. Pruebo con otro navegador, repito toda la operación: Acceso al sistema/Mis gestiones/Instancia general/ Nueva instancia, ficha de alta a terceros y certificado de cuenta adjunto. Error 403. Busco en Google información sobre el error 403. En un foro de autónomos recomiendan instalar Java. Ya lo tengo instalado, pero pruebo a actualizarlo, descargo la última versión de Java.

Repito toda la operación: Acceso al sistema/Mis gestiones/Instancia general/Nueva instancia, ficha de alta a terceros y certificado de cuenta adjunto. Error 403. El pozo. O tal vez el laberinto. Dos turnos sin tirar. Nueva búsqueda en Google. En un vídeo de YouTube advierten del error recurrente, y recomiendan instalar otro navegador, uno diferente a los dos que ya he probado. Lo busco, descargo e instalo. Repito toda la operación: Acceso al sistema/Mis gestiones/Instancia general/Nueva instancia, ficha de alta a terceros y certificado de cuenta adjunto. Ahora sí, recibo un mensaje de confirmación de la nueva alta a terceros. Primer paso completado.

Me levanto para espabilarme un poco, bebo agua, me mojo la cara. Vuelvo al ordenador. Busco en el portal del ayuntamiento. Factura electrónica/Generar nueva factura. Relleno todos los campos: tipo, cliente, serie, número, fecha, periodo, forma de pago, vencimiento, concepto, cantidad, precio unitario, impuesto repercutido, impuesto retenido, exención, método de pago, entidad, IBAN. Error: rellene todos los campos obligatorios. Veo que me falta el campo Expediente. Busco en el presupuesto que firmé meses atrás, pero no aparece ningún número de expediente. Reviso el cruce de correos con la biblioteca. Encuentro una referencia que tal vez sea el número de expediente, la copio. Me pide el Dir3 del destinatario. Qué es el Dir3. Busco algún icono de ayuda. Busco en Google. Busco en la web de la administración electrónica y, después de probar en varios apartados, encuentro un manual de facturación electrónica. En la página 12 leo que el código Dir3 se compone de tres subcódigos: el de la oficina contable, el del órgano gestor y el de la unidad tramitadora. Tras un rato de búsqueda en la web, encuentro un listado de toda la administración municipal. Localizo la Dirección General de Bibliotecas. Copio y pego los tres subcódigos. Una vez rellenados todos los campos, hago clic y en la siguiente pantalla me ofrece la posibilidad de adjuntar documentos. Para más seguridad, adjunto también la factura en PDF, previa firma electrónica. Hago clic en Generar y enviar factura. La página se queda colgada. Tras cuatro o cinco minutos de espera, mensaje de error. Intento volver un paso atrás pero me reenvía a la página inicial. La calavera. La muerte. Retrocede hasta la casilla de salida.

Paciencia. Tiro otra vez el dado. Factura electrónica/Generar nueva factura. Relleno todos los campos solicitados: tipo, cliente, serie, número, fecha, periodo, forma de pago, vencimiento, concepto, cantidad, precio unitario, impuesto repercutido, impuesto retenido, exención, método de pago, entidad, IBAN. Expediente. Busco otra vez el correo que incluía la referencia, la copio. Dir3 del destinatario. Recupero el listado de clientes, localizo la Dirección General de Bibliotecas. Copio los subcódigos: oficina contable, órgano gestor y unidad tramitadora. Para ganar tiempo en caso de tener que repetir toda la operación, copio aparte el número de expediente y los tres subcódigos. Reviso todos los campos. Adjunto la factura en PDF. Hago clic en Generar y enviar factura. Sin sorpresa, la página se queda colgada, la barra de progreso no avanza. Tras dos minutos, mensaje de error. Calavera. Muerte.

Considero la posibilidad de seguir mañana. Pero mañana tengo ya suficiente tarea, no puedo acumular más retraso. Consulto varios foros de autónomos que han tenido problemas facturando con el mismo ayuntamiento. Varios de ellos recomiendan usar la aplicación Facturae. Encuentro la aplicación, la descargo. No es compatible con mi sistema operativo. Busco una versión anterior de Facturae, ya no está disponible. En el foro de autónomos encuentro un enlace para una versión anterior. Me arriesgo a que sea un virus. Descargo Facturae. Mientras se completa la instalación, me levanto, me estiro, salgo al balcón. Un par de luces encendidas en el edificio de enfrente. Siempre pensé que eran insomnes, pero tal vez sean autónomos facturando.

Regreso al ordenador. Instalación completada. Abro Facturae. Generar factura. Relleno los campos obligatorios: número factura, fecha expedición, emisor, persona física, dirección completa, datos de contacto, número de identificación fiscal, receptor, persona jurídica, oficina contable, órgano gestor, unidad tramitadora, identificador, ¿qué es identificador? Espere un turno antes de volver a tirar. Regreso a la web del ayuntamiento, al listado de la administración, Dirección General de Bibliotecas, no encuentro identificador. Pruebo a dejar en blanco ese campo. Me da error. Busco en Google. Afino la búsqueda hasta que encuentro un número identificador de la Dirección General de Bibliotecas. *Un coup de dés jamais n'abolira le hasard.* Tiro de nuevo, últimos campos: detalle de factura, referencia, concepto, cantidad, importe, impuestos repercutidos, impuestos retenidos, importe total, datos de pago, entidad, dirección de la sucursal, IBAN. Guardo borrador. Reviso bien todo. Hago clic en Firmar factura. Mensaje de error: rellene todos los campos obligatorios. Reviso hasta encontrar un campo vacío: el código postal del cliente. Busco el código postal de la Dirección General de Bibliotecas. Guardo la factura, hago clic en Firmar. Error 500. *Jamais n'abolira le hasard.* Tristeza burocrática, Remedios Zafra.

Busco en Google Error 500. En el foro de autónomos hay muchas preguntas sobre el Error 500. Leo por encima las respuestas, hasta encontrar una posible solución: generar un archivo XML y firmarlo con una aplicación de firma electrónica, para luego adjuntarlo como documento en el portal electrónico de la administración correspondiente. Busco en Google cómo generar un archivo XML. Veo un vídeo tutorial. Sigo paso a paso. Consigo generar un archivo XML de mi factura. Abro el programa Autofirma. Selecciono el documento a firmar. Error de Autofirma: la actual versión es incompatible con la última actualización de Java. La que instalé hace dos horas, para el alta a terceros. La cárcel. Las fichas al suelo de un manotazo al tablero.

Puedo restituir la versión anterior de Java. Puedo buscar otra aplicación de firma electrónica. Puedo descargar otro programa de generación de facturas. Puedo dejarlo para mañana. Puedo pagar los servicios de una asesoría contable para que me haga el trámite: el propio manual de facturación del ayuntamiento incluye un listado de asesorías por si el usuario las necesita. Puedo renunciar al pago. Ciento ochenta euros brutos. Puedo sumar mentalmente las horas de duración del club, las horas previas de lectura y anotación de los libros seleccionados, la hora y media empleada en ir y volver al pueblo, las horas dedicadas a comunicarme por correo con los miembros del club, las horas gastadas antes en elaborar la propuesta de coordinación del club, presentar el proyecto a la concejalía de cultura y fiestas, rellenar formularios, preparar un presupuesto previo, y las horas que llevo empleadas esta noche sin todavía haber conseguido facturar. Puedo irme a dormir. Puedo irme a no dormir. Son las cuatro de la madrugada.

[03:01]

Mi confesión cómica y ridícula de durmiente celoso estaría incompleta si no te cuento lo que sí me pasó a mí en un viaje por las mismas fechas; lo que me pasó y tal vez tú imaginaste, fantaseaste, proyectaste en la pantalla de tu dormitorio oscuro en una de tus noches sin dormir, quizás tú también celosa, cómica y ridícula también tú en tus celos. Salí de viaje, no un miércoles, salí en un viaje de verdad, uno de mis cada vez menos frecuentes viajes de trabajo, ponente en un congreso, tal vez lo recuerdes porque te lo había contado en nuestra cita anterior mientras te quedabas dormida, mientras nos quedábamos dormidos, te dije que me iba de viaje y adónde, y hasta te di el nombre de mi hotel, con la esperanza, también cómica y ridícula, de que lo tomaras como una invitación, que decidieras inventarte tú un viaje de trabajo y me siguieses. Te esperé y no llegaste, cómo ibas a llegar, por qué ibas a venir, yo sabía que era muy poco probable que aparecieras pero todo era tan improbable entre nosotros que por qué no; te esperé al final del día, al acabar la sesión del congreso y tras escabullirme de las copas de después de la cena, te esperé en el bar del hotel, al que bajé como activando un protocolo que facilitase nuestro encuentro. En aquel hotel, aquella noche, el bar sí seguía abierto, nada de mesas con sillas volteadas, tampoco un piano peliculero ni un barman carismático, solo un par de clientes bebiendo, insomnes o trasnochadores, seguramente las dos cosas. Me acodé en la barra y pedí un café. Con el rabillo del ojo sentí que alguien se acercaba y todavía tuve un chispazo de fantaseo, me giré creyendo que eras tú, te juro que creí que eras tú, incluso me giré sonriente, receptivo. ¿Tú tampoco puedes dormir?, me preguntó una mujer que no eras tú, pero tampoco una desconocida: se trataba de una colega, una investigadora universitaria con la que había compartido mesa en la sesión de tarde del congreso, y que interpretó mi equivocada sonrisa como una bienvenida, qué iba a saber ella de mis ridículas y cómicas penas nocturnas. ¿Tú tampoco puedes dormir? Decepcionado por no ser ella quien yo esperaba, quien yo deseaba, no me mostré muy abierto al principio, negué ser un insomne, dije que todo lo contrario, que yo dormía bien, dormía tan bien que por eso me estaba tomando un café antes de irme a la cama. Se sentó a mi lado, pidió una copa de vino y me dijo que ella sí dormía mal. Pensé que a esa hora en decenas, cientos de hoteles, habría otros insomnes encontrándose por primera vez en el bar, quizás nuestra historia no sea tan excepcional, quizás es común que en el bar de cada hotel a la noche coincidan dos insomnes y acaben durmiendo juntos, quizás el mundo está lleno de durmientes clandestinos. Mi inesperada compañera me dijo que llevaba semanas durmiendo mal, se acababa de separar y estaba todavía encajando su nueva vida, no echaba de menos a su expareja para dormir, nada de eso, estaba encantada de dormir sin sus ronquidos ni sus ganas desacompasadas de follar, pero había sido un divorcio conflictivo, las habituales disputas por el hijo común y la casa a medio pagar, lo que resultaba en varias semanas ya de mal dormir. Te ahorraré detalles, resumo: estuvimos más de una hora en el bar del hotel, hablando más ella que yo, contándome miserias de su matrimonio y sordideces del proceso judicial, compartiendo cotilleos del congreso y riendo los dos con ganas, hasta que el camarero nos dijo que cerraba, y fue ella la que, al llegar al ascensor, me propuso seguir hablando en su habitación, con toda naturalidad: si quieres seguimos hablando en mi habitación. Fue ella pero podría haber sido yo, no me excuso, me sentía bien con aquella mujer en la que no me había fijado durante el congreso, pero que ahora me resultaba atractiva, no hermosa sino dotada de un atractivo que solo se mostraba en la conversación y que se volvía indudable tras una propuesta tan directa como la suya: si quieres seguimos hablando en mi habitación. Subimos juntos en el ascensor, esquivándonos la mirada en el espejo, nuestras sonrisas más juguetonas que incómodas. Nada más entrar en la habitación, avanzó hacia mí y me buscó la boca, fue ella pero lo habría hecho yo igualmente, de pronto excitado por aquella mujer y por la situación, dos desconocidos, una habitación de hotel, lejos de casa, aquella película ya la habíamos visto, ya la habíamos imaginado alguna vez, deseado incluso, nos predisponía el congreso, esa excitación hormonal que se da en congresos y ferias como si fuera un campamento adolescente, unida a esa predisposición romántica y erótica que todos sentimos hacia los hoteles como reverso libertino de nuestros dormitorios, como espacio del secreto y del encuentro fortuito, cada hotel es la posibilidad de que acabe ocurriendo, demasiadas películas, y no intento desentenderme de mi responsabilidad ni justificar lo que pasó: follamos, sí, pero te juro que no dormí con ella.

DIARIO DEL SUEÑO, 9 DE MARZO

Buena noche: seis horas en total, más una larga siesta en la tarde. Nada de alcohol, un café, Dormidina y lorazepam.

Me pasó la noche anterior, cuando me peleaba con la administración electrónica para enviar una simple factura de un club de lectura. Fue hacia el final de la noche, mientras hacía un último intento siguiendo otro tutorial, y que acabó por funcionar. Se me caía la cabeza, dejaba los dedos posados sobre el teclado, apretando varias teclas hasta que el ordenador emitía un pitido y yo me espabilaba, revisaba lo último, seguía rellenando campos, daba otra cabezada brusca.

Entonces vi una hormiga. Una hormiga muy pequeña, casi invisible por diminuta, solo la delataba su correteo por el tablero de la mesa hacia el ordenador. La aparté con la mano, pero vi otra, y otra. Hormigas minúsculas llegando de distintas direcciones, las veía con dificultad por la escasa luz del flexo, como si se movieran con intermitencia, como si aparecieran y desaparecieran, estroboscópicas. Hemos tenido ya problemas con las hormigas en casa, así que en vez de apartarlas las fui matando una a una, aplastándolas con el dedo, algunas se esfumaban antes de alcanzarlas. Levanté el ordenador y vi que había unas cuantas debajo, se movieron excitadas al ser descubiertas. Di manotazos en la mesa, hasta dejarla despejada. Observé el suelo, me pareció ver su chisporroteo, pero apenas las distinguía en la madera, la luz era escasa, me caía de sueño. Seguí tecleando, pero una hormiga me corría por la muñeca, el brazo, no la veía pero notaba su cosquilleo insidioso, me parecía que tenía otra también en el cuello, en la espalda bajo la camiseta. Vi una caminando ya sobre las teclas, la aparté de un soplido pero seguía ahí, o tal vez era otra, y cuando intenté cogerla con un dedo, se coló entre las teclas, en el mínimo hueco bajo la letra P. Levanté el portátil, lo giré, lo sacudí y soplé. Miré la mesa, vi varias hormigas, no sabía si alguna era la espeleóloga del teclado. Me propuse terminar la factura, hacía esfuerzos por mantenerme despierto, y a cada poco apartaba otra hormiga. Pensaba en la que se había colado en el teclado.

En mi adormecimiento recordaba una noche meses atrás, una noche también de trabajo tardío y cabezadas frente al ordenador, en que fui a la cocina y, al poner la mano a oscuras en el interruptor, noté algo, una agitación inesperada. Al encender la luz vi que salían hormigas del interruptor: salían a la cocina por el mínimo hueco que deja el pulsador inclinado hacia un lado, irrumpían en tropel, decenas de ellas, cientos tal vez, como si chorrearan. Sentí tanta repugnancia que apagué la luz como si eso las frenase, y fui a buscar un pulverizador de insecticida. Pero al regresar y encender, ya no estaban: no había ni una hormiga, ni en el interruptor ni en la pared, los muebles o el suelo. Al día siguiente se lo conté a Inma y me dijo que, si bien es cierto que las hormigas se mueven por la instalación eléctrica, ella no había visto ninguna últimamente, estábamos en invierno, y podía ser que yo lo hubiera soñado, no sería la primera vez que me quedaba dormido trabajando.

Lo pensaba mientras tecleaba la otra noche, pensaba en esa hormiga bajo la letra P, que tal vez se reuniría ahí adentro con decenas, cientos de congéneres que se habían colado antes, y que se moverían entre los microchips y circuitos, los acabarían devorando con sus pequeñas mandíbulas, como otras muchas se movían tras los interruptores y enchufes, en el interior de las paredes, corriendo por dentro de los tubos corrugados que protegen los cables, dejando sus marcas de olor y sus minúsculos excrementos. Entonces vi una hormiga correteando por la pantalla. Al principio me pareció que era el cursor, que algún virus había tomado el control de mi ordenador y el cursor ya no me obedecía; pero era una hormiga, y por un momento dudé si se movía a este lado de la pantalla o estaba dentro, tras el cristal, desplazándose por los campos vacíos de la factura. Cerré de golpe el ordenador. Me levanté, fui al baño, me eché agua en la cara, respiré profundamente varias veces, y al regresar no vi ya ninguna hormiga, ni en el ordenador, ni en la mesa ni en las inmediaciones.

[03:10]

No sé si lo recuerdo, no sé si es un recuerdo cierto porque no sé si realmente pasó, tal vez tú sí lo recuerdes, o también tu memoria sea confusa, o hasta puede que compartamos ensoñaciones de la duermevela. Lo cuento como yo lo recuerdo, o como creo recordarlo, o como lo he imaginado y quién sabe si deseado. Fue en uno de nuestros primeros miércoles en el hostal, ya asentada nuestra rutina de durmientes. Estábamos acostados, si de verdad ocurrió estábamos acostados, abrazados como solíamos dormir, a veces tan abrazados que al despertar se nos había anestesiado un brazo bajo el cuerpo del otro. No sé si estábamos todavía cogiendo el sueño, o fue un breve despertar en mitad de la noche, un despertar que no llegaba a ser tal, más dormidos que despiertos, lo que supongo facilitó la confusión, la desorientación espacial y sentimental: tal vez yo creí que estaba en mi cama, en mi dormitorio, en mi casa, con Inma y no contigo; y tú me tomarías por Óscar, en un tiempo en que todavía teníamos alguna intimidad con nuestras parejas; tal vez mi boca se acercó a la tuya, o quizás fuiste tú quien se aproximó los pocos centímetros necesarios, o estábamos tan juntos que bastó con abrir la boca apenas, bostezar, tragar saliva, para que nuestros labios se rozasen leve, muy levemente pero suficiente para que una boca reconociese la cercanía de otra boca y se buscasen solas, aceptasen la proximidad y el roce como invitación, la respiración caliente, los labios que tienen vida propia o memoria de tantos encuentros nocturnos a lo largo de la vida, los labios que se rozan un poco más, se aprietan, se abren y aprisionan, mastican blandamente; las lenguas que avanzan desde el roce inicial, las bocas que muerden, que abarcan entera la otra boca, apresan, sueltan y vuelven a apresar labio o lengua, que quisieran tragar y ser tragadas, que chocan los dientes, se ensalivan, se giran y retuercen en un besar que pone en marcha al resto del organismo, la respiración agitada, la sangre recorriendo el cuerpo para concentrarse en las zonas convocadas, las manos que incursionan bajo la camiseta o tiran hacia abajo de la ropa interior, y ya no sé si recuerdo o fantaseo, no sé si te subiste sobre mí o me eché yo sobre ti y te inmovilicé con mi peso, no sé si recuerdo o fantaseo que follamos o en realidad solo lo intentamos, lo iniciamos pero nos quedamos otra vez dormidos, o si solo hubo beso, o nunca hubo nada, un deseo reprimido que se acaba liberando en sueños. Lo cierto es que al día siguiente despertamos con una extraña sensación, yo al menos, y me pareció que tú también, algo que no sé si era vergüenza o todavía excitación, pero no dijimos nada: si había ocurrido, no quisimos comentarlo, o no lo recordamos, o se nos confundían el recuerdo y el sueño, tal vez también el deseo. Y si ocurrió, no volvió a ocurrir, pues los dos habíamos puesto mucho cuidado durante semanas en evitar confusiones y, sin nunca hablarlo, tuvimos claro desde el principio por qué nos veíamos, qué queríamos, qué deseábamos, qué necesitábamos: dormir. Solo dormir.

DIARIO DEL SUEÑO, 10 DE MARZO

Mala noche. Dos horas en total. Desvelado desde las cuatro. Varias cabezadas durante la mañana. Una copa de vino, un café.

Antes de apagar la luz, busco en Google: privación del sueño, efectos.

Diez ratas fueron sometidas a privación total del sueño mediante el sistema de plataforma sobre agua. Todas las ratas murieron, o fueron sacrificadas cuando la muerte parecía inminente, entre los 11 y los 32 días. No se identificó ninguna causa anatómica de muerte. Todas las ratas mostraban un aspecto debilitado, lesiones en sus colas y garras, y pérdida de peso aunque aumentaron la ingesta de comida.

Todas las ratas sometidas a privación total del sueño desarrollaron úlceras severas y lesiones en la piel (...). Las lesiones de las ratas no podían explicarse por presión, rotación del disco, inmersión en el agua, infecciones, necrosis vascular (...) Aunque las lesiones en cola y garras constituyen síntomas muy fiables de cómo la privación del sueño tendría potencial para ofrecer conocimiento sobre los mecanismos patogénicos inducidos por la falta de sueño, la acción de las lesiones permanece desconocida.

La privación del sueño implicaba mantenerlos despiertos hasta 180 horas, normalmente de pie o en posturas estresantes, a veces con las manos esposadas sobre la cabeza. Varios de ellos experimentaron alucinaciones perturbadoras y, en al menos dos de esos casos, la CIA continuó privándolos de sueño.

La CIA instruyó a su personal para que los interrogatorios tuvieran prioridad sobre la atención médica. En al menos dos casos, la CIA los intensificó pese a las advertencias del personal médico de que empeorarían las heridas físicas. En al menos una ocasión el personal médico de la CIA curó la tumefacción de un detenido para permitir que aguantase de pie durante la privación del sueño.

Numerosos detenidos que fueron sometidos a estas y otras técnicas de interrogatorio por la CIA mostraron problemas psicológicos y de comportamiento, incluyendo alucinaciones, paranoia, insomnio, e intentos de lesionarse y mutilarse.

Abu Zubaydah fue encerrado en una habitación completamente blanca e iluminada las veinticuatro horas del día. No disponía de ninguna comodidad, su sueño era interrumpido, y un fuerte ruido sonaba sin descanso en su celda.

El detenido KSM empezó un periodo de privación del sueño, la mayor parte del tiempo en posición de pie, que duraría siete días y medio, unas 180 horas, combinado con el uso del *waterboarding*.

Después de 56 horas privado de sueño y de pie, Arsala Khan fue descrito como apenas capaz de articular palabra, y «visiblemente alterado por alucinaciones en las que describía perros atacando y matando a sus hijos y familia», por lo que se le permitió dormir. Dos días después, sin embargo, los interrogadores reanudaron la privación del sueño en posición de pie por otras 21 horas.

Durante las sesiones de privación del sueño, Rahim solía estar esposado en posición de pie, con solo unos calzoncillos y un pañal, alimentado solo con agua y batidos. (...) Sometido a 104,5 horas, su privación del sueño fue interrumpida cuando Rahim describió alucinaciones visuales y auditivas. Le permitieron dormir ocho horas, pero los psicólogos concluyeron que había fingido sus síntomas, así que fue sometido a otras 62 horas de privación. (...) Tras sucesivas sesiones a lo largo de un mes, la última duró 138,5 horas.

El director Hayden testificó que las condiciones mentales preocupantes no aparecen hasta que una persona experimenta más de 100 horas de privación del sueño.

[03:17]

Engañábamos a nuestras parejas, cómo no engañarlas: cómo contarles a Inma, a Óscar, que nos acostábamos con otra persona, aun jurándoles que no había sexo, pues sería peor la aclaración: me acuesto con otra persona pero solo dormimos. No lo entenderían. Pese al engaño evidente, no vivíamos nuestras citas como un adulterio, no al menos un adulterio al uso: no nos decíamos enamorados aunque nos echásemos de menos, no sentíamos deseo más que de dormir juntos, ni por supuesto nos planteábamos una vida en común más allá de compartir todas esas buenas noches. Desde el principio nos habría gustado poder contarlo, sincerarnos con ellos, disipar cualquier posible sospecha por nuestras frecuentes ausencias, nuestras noches de miércoles fuera de casa, nuestras horas en que no respondíamos llamadas, aislados bajo una cúpula de silencio y oscuridad y calma. De haberlo contado, tal vez todo habría sido diferente, pienso ahora que ya es tarde. Nos habría gustado poder compartirlo, como algo feliz que apetece contar a tu pareja: he encontrado a alguien con quien sí puedo dormir. Pero habríamos tenido que dar muchas explicaciones, ellos no lo habrían entendido, tampoco nuestras familias, amigos y conocidos, no hay nombre para este tipo de relación porque no existe un vínculo entre dos personas que duermen juntas, que solo duermen juntas. No sentíamos que los estuviésemos traicionando, no les restábamos nada, no faltábamos a nuestras obligaciones familiares ni al compromiso de pareja, seguíamos durmiendo con ellos la casi totalidad de las noches, o no durmiendo pero sí acostándonos a su lado; supongo que operaba en nosotros la misma inconsciencia de esos amantes que prolongan un adulterio durante meses, años, perdiendo la noción de la realidad y extirpándose toda culpa, engañándose a sí mismos sobre el alcance y gravedad de su engaño; nosotros sentíamos, en nuestra inconsciencia no de amantes sino de durmientes, sentíamos que incluso les hacíamos bien, que también nuestras parejas se beneficiaban de nuestro sueño compartido: al día siguiente, o en las horas posteriores a haber dormido juntos, estábamos menos irritables, más fáciles en la convivencia, sin el mal humor propio de quien apenas descansa. Aunque tú y yo nunca dormíamos juntos tanto como queríamos, ni tanto como necesitábamos, el efecto benéfico de unas horas o una noche entera nos hacía conyugalmente más soportables: tú por ejemplo me contaste, creo que me lo contaste en una de aquellas conversaciones de duermevela, en voz baja y con la boca floja, me contaste que en efecto tu relación con Óscar había mejorado gracias a nuestras dormidas; había días que estabas más descansada, menos desesperada por no dormir, y esos días no te molestaba tanto su sueño fácil y profundo, no te indignaba que él se durmiera nada más meterse en la cama, no te irritaba su indiferencia por tu desvelo, no le hablabas imaginariamente durante las noches, no estabas tan harta de él ni te separabas en secreto cada noche, y tampoco rechazabas por agotamiento sus aproximaciones sexuales, follabais más; incluso me contaste que conseguías dormir con él algunas noches, más a menudo que antes: días en que te acostabas y lograbas dormirte a su lado, y esa información, ese saber que en casa dormías algo mejor con Óscar, reconozco que me dio otro pellizco de celos, o tal vez era miedo a que dejases de necesitar dormir conmigo y tuviese que buscar yo otra pareja de sueño, cómo, dónde. Mi caso era diferente: mi relación con Inma mejoraba y empeoraba a la vez desde que había empezado a dormir contigo: mejoraba en tanto que yo también, como tú, estaba algunos días más descansado, menos irritable; pero empeoraba porque el hecho de dormir con otra persona, el que algo tan íntimo como el dormir se produjese fuera de la pareja, no compartir con ella mis mejores noches, nos distanciaba cada vez más, nos volvía extraños. No te culpo a ti ni a nuestro dormir compartido, pues la desconexión emocional con Inma venía de antes de encontrarte: llevábamos ya un largo tiempo distanciándonos y perdiendo intimidad y deseo, supongo que por pura obsolescencia amorosa, el amor dura tres años, seis años, doce años, el desgaste de la convivencia, la crianza erosiva, los zarandeos de la vida, qué sé yo; lo único cierto es que no dormir con ella, y a cambio tener a alguien con quien sí dormir, desear dormir con otra persona, me apartó aún más de mi mujer, y daba igual que alguna noche todavía nos reencontrásemos en la cama y reviviese el deseo que parecía agotado: ella ya no era mi compañera de sueño. Por eso recibí bien su propuesta de dormir separados; si no me lo hubiera pedido ella, lo habría acabado sugiriendo yo. Una noche, estando en la cama juntos ya a oscuras, todavía ella despierta y yo sin poder dormir como de costumbre, se giró hacia mí y me habló, lo dijo sin rodeos: creo que deberíamos dejar de dormir juntos. Esperó unos segundos y, ante mi falta de reacción, al no mostrar yo sorpresa ni malestar, siguió hablando: me dijo que así tal vez dormiríamos mejor, que llega un momento en que uno duerme mejor solo, que nuestra cama no era muy grande, teníamos temperaturas corporales opuestas y así podríamos usar edredones de grosor al gusto de cada uno y no tendría ella que pasar frío ni yo destaparme por calor; teníamos horarios diferentes de acostarnos y levantarnos, yo leía en la cama y le molestaba la luz, yo me movía mucho y me levantaba en mitad de la noche y la despertaba, yo roncaba a veces, cosa que creo que no era cierto pero ella siguió dando motivos más o menos razonables hasta soltar la *excusatio non petita*: en ningún momento yo le planteé temor alguno de que una separación de lechos pudiera poner en riesgo nuestro futuro como pareja, pero ella debía de traer la conversación ya ensayada, quizás imaginada en alguna noche de no dormir, quizás ella también últimamente insomne sin contármelo: me dijo, sin yo necesitar la aclaración, que dormir separados no significaba que nos separásemos como pareja, no era un primer paso para después pedirme un divorcio total, al contrario: dormir en habitaciones diferentes podía ser una oportunidad para revitalizar la pareja, podía favorecer el deseo y renovar la intimidad, lo había leído en algún artículo, prometió que lo buscaría al día siguiente y me lo compartiría: *sleep divorce* se llamaba la tendencia, divorcio del sueño, la palabra divorcio no debía asustarme, lo practicaban cada vez más parejas, no sé qué actriz famosa había contado que su marido y ella llevaban años durmiendo en habitaciones separadas sin por eso quererse menos, la clase alta lo había hecho siempre, históricamente solo dormían juntos los pobres por no tener más camas o más habitaciones, había psicólogos que lo recomendaban para un óptimo descanso, y por tanto podía mejorar la relación, las parejas se volvían menos irritables tras una noche de buen dormir, no había reproche ni resentimiento hacia quien sí descansaba bien, incluso servía para recuperar la vida sexual, las parejas que duermen separadas tienen más sexo, no compartir cama no significa en realidad nada, una amiga suya lo había probado con su marido y les iba muy bien. Inma se esforzó por convencerme sin necesidad, me pareció una idea magnífica separar nuestras noches, supongo que íntima e inconscientemente yo ya no quería dormir con ella, o no quería no dormir con ella, quizás las parejas comienzan a resquebrajarse por la noche cuando uno de los dos deja de dormir, sin que esté clara la relación casual, si duermes mal porque tu matrimonio se está acabando, o tu matrimonio se está acabando porque duermes mal; yo ya me había separado de ella como compañera de sueño sin que eso significase descartarla como compañera de vida, así que al día siguiente yo me instalé en el sofá cama de la habitación que usábamos como estudio, tras acordar qué contarles a los niños para no preocuparlos: los ronquidos de papá, esa fue la explicación, una mentira piadosa que yo acepté pues en ese momento no sospechaba que detrás de su propuesta no solo había una desconexión creciente y recíproca, sino algo más, mucho más: días después me la encontré de forma inesperada por la calle, iba yo por una zona periférica que no suelo frecuentar, buscaba una biblioteca de barrio donde aspiraba a coordinar un club de lectura, y entonces la vi venir. Cambié de acera, le ahorré un encuentro que supuse incómodo, pues no imaginaba un pretexto para que Inma estuviese allí en horario laboral, caminando además con aquella despreocupación y aquella sonrisa, o sí lo imaginaba, claro que lo imaginaba, todo es siempre muy previsible, y si yo no lo había considerado antes como posibilidad no era por falta de evidencias sino por mi propio desinterés, mi propia desconexión sentimental. Ese día la seguí, no por preocupación, ni siquiera por unos celos para los que no había ya sustrato posible entre nosotros; la seguí solo por confirmar lo que desde hacía tiempo más que una sospecha era una conclusión lógica y hasta razonable; la seguí un par de calles hasta que entró en un hotel, uno barato, no tan barato como nuestro hostal: una de esas cadenas que se asientan en el extrarradio, a la orilla de una autovía, hoteles para viajeros de poco presupuesto, perfectos para amantes de escasos recursos o de alta frecuencia amatoria y que no buscan más que una cama y un baño limpios. *Une liaison pornographique*, esa era la película, Sergi López.

DIARIO DEL SUEÑO, 11 DE MARZO

Sin dormir en toda la noche. Tuve un episodio de alucinaciones hipnagógicas (encontré el término en Wikipedia: aquellas que se producen poco antes del inicio del sueño). Hacía tiempo que no me pasaba, muy frecuentes en mi juventud, asociadas a veces con parálisis del sueño. Anoche, luces y ruidos en el pasillo, formas geométricas agitándose en el techo. Me acabo levantando para salir de la duermevela y que cesen. Ya no me duermo más.

Una investigación reciente sugiere que las noches estresantes de insomnio podrían alterar el aprendizaje y la memoria. Según las conclusiones de un experimento, ratas estresadas que se mantuvieron parcialmente despiertas durante varios días seguidos fueron incapaces de producir células nuevas en el hipocampo del cerebro, área que se cree es necesaria para el aprendizaje y la memoria.

En el experimento se colocó una rata albina noruega macho sobre una plataforma de metal circular suspendida sobre agua. Cuando el animal se dormía, caía y se mojaba, lo que añadía un estrés mayor a la privación del sueño.

Los investigadores hallaron que después de dos días con este tipo de privación estresante, el cerebro de la rata mostraba niveles elevados de corticosterona, asociados a una reducción significativa del número de nuevas células producidas en el hipocampo.

Tras varios días seguidos de privación parcial del sueño, la rata sujeto del experimento fue incapaz de recordar la clave de su tarjeta de crédito cuando iba a efectuar una compra en un supermercado. Pasó la tarjeta por el lector, pero cuando quiso marcar el número secreto, se quedó con las garras inmóviles sobre el teclado.

¿Puede por favor marcar?, le pidió la cajera, pero la rata intentaba recordar los cuatro dígitos sin conseguirlo. Pidió disculpas y sacó el móvil para pagar con este, pero sufrió el mismo problema al intentar desbloquearlo: de pronto no podía marcar la contraseña. Tardó apenas medio minuto en recordarla, entre la impaciencia de otras ratas que hacían cola, y la insistencia de la cajera en que pagase en metálico o se apartase a un lado.

De camino al coche, empujando el carro cargado de bolsas, la rata intentaba recuperar de memoria la clave de la tarjeta: tenía dos números seguros, y otros dos con menos seguridad. Y entonces se dio cuenta de que no recordaba dónde había aparcado el coche. Ese tipo de olvidos eran frecuentes en los últimos tiempos, y la rata sujeto del experimento había cogido la costumbre de apuntar el nombre de la calle donde aparcaba en su barrio, o fotografiar el número de la plaza cuando se trataba de un parking. Pero no lo había hecho esta vez, y al llegar al subterráneo trató de orientarse, olisqueó en todas direcciones sacudiendo las vibrisas de su hocico, incapaz de recordar en qué zona había dejado el coche solo media hora antes.

Mientras recorría el parking con el carro mirando en todas direcciones, recordó sin problema la matrícula de su coche, lo que le tranquilizó. Repasó mentalmente las fechas de nacimiento de sus crías y otros familiares.

Tras varios minutos moviéndose con agitación por el laberinto, la rata encontró su coche. Le tranquilizó comprobar que la matrícula coincidía con la recordada. Y en ese momento además recuperó la clave de la tarjeta, la misma que solo un momento antes era incapaz de teclear.

Se subió al coche. Sintió necesidad de dar una cabezada allí mismo, pero arrancó y se propuso llegar cuanto antes a su madriguera y echar una breve siesta. De camino recordó cómo solo una semana antes, regresando a última hora del día de un área comercial en las afueras, conduciendo su coche con una de sus crías dormida en el asiento trasero, hubo un momento en que se le cerraron los ojos y sintió caer su cabeza, movimiento brusco que le despertó lo justo para apretar el volante y no salirse de la vía cuando ya tenía las dos ruedas derechas en el arcén. Detuvo el coche en una gasolinera, comprobó que su cría seguía dormida. Reclinó el asiento, cerró los ojos y se dejó dormir, un sueño breve pero profundo, hasta que su cría le despertó y le preguntó por qué estaban allí parados.

Mientras conducía ahora hasta su madriguera, la rata de nuestro experimento, falta de sueño y estresada tras varias noches haciendo equilibrio sobre la plataforma y cayendo al agua repetidamente, fue repasando capitales mundiales, como si respondiese a un concurso televisivo. Recordó el caso reciente de un padre que había olvidado a su bebé en el asiento trasero del coche durante toda una mañana, y lo encontró muerto a la vuelta. Repitió en voz alta la serie ordenada de reyes españoles desde el siglo XV hasta hoy, con solo dos que se le resistieron, un periodo borroso entre Fernando VI y Carlos III. ¿Era Carlos II? ¿No había un rey brevísimo y fallido entre medias? El síndrome del bebé olvidado, al parecer muy común. Estrés y falta de sueño suelen estar detrás, dijeron los expertos tras el último caso trágico. Intentó también recitar la tabla periódica de elementos, pero solo completó los gases nobles, helio, neón, argón, kriptón, xenón, radón, y se consoló diciéndose que había seguido el itinerario de letras en sus lejanos años de estudiante, de modo que entretuvo los minutos restantes repitiendo en voz alta poemas memorizados en su juventud, al menos los versos iniciales que aún recordaba: olas gigantes que os rompéis bramando, para mi corazón basta tu pecho, la luz lo malo que tiene es que no viene de ti...

Encontró aparcamiento no muy cerca de su madriguera y, antes de bajarse, la rata apuntó en su móvil el nombre de la calle, pues tardaría cuatro o cinco días en volver a coger el coche. Al abrir el maletero se dio cuenta de que había olvidado la compra en el carro del supermercado, en el parking.

[03:30]

Quién propuso dos días seguidos, no estoy seguro: tú, yo, los dos. La idea debió de aparecer por primera vez en una de esas conversaciones flojas e inacabadas, dudosas, mientras nos quedábamos dormidos o sin ser capaces de despertarnos del todo: ¿te imaginas dos días seguidos durmiendo juntos?, y a partir de ahí la posibilidad reapareció en varios momentos, cuando más agotados estábamos, cuanto más sueño atrasábamos, cuantas más noches consecutivas de mal y escaso dormir; entonces nos reuníamos por fin y, mientras nos dejábamos ir hacia el sueño, lo comentábamos, casi en un susurro: necesitaríamos dormir dos días seguidos. En mis horas de insomnio lejos de ti fantaseaba con ello: nos veía en un dormir sin fin, nos veía en una cama, durante horas y horas, cuántas horas seguidas puede dormir una persona, puedo encontrar información sobre récords de horas y días sin dormir, experimentos científicos, torturas, patologías extrañas que privan del sueño hasta la muerte, pero nadie dice cuántas horas seguidas puede pasar una persona durmiendo, y en mi insomnio fantaseaba con ello, nos imaginaba sin despertar durante días, nos imaginaba en la cama de un laboratorio, con electrodos en todo el cuerpo que se nos enredarían en el abrazo, observados por investigadores que nos alimentarían vía intravenosa sin despertarnos, para comprobar hasta cuándo podíamos dormir, le pondrían nombre a nuestro extraño síndrome; nos imaginaba pioneros de una revuelta global, resistencia pasiva, desobediencia civil, Lennon y Yoko del dormir; nos deseaba eternamente durmientes, sin salir de una cama balsa, una cama alfombra voladora; nos veía como grabados por una cámara de visión nocturna en plano cenital, como aquellas fotos de las que te hablé, creo que te hablé una noche, *the sleep of the beloved*: fotografías de larga exposición que un artista tomaba de parejas durmientes a lo largo de una noche, quedando impresa su danza nocturna, aleteo fantasmal, criaturas octópodas, un dios hindú con dos cabezas y numerosos brazos y piernas, así nos imaginaba a nosotros durante dos días seguidos con sus noches, cambiando de postura, girando, buscándonos dormidos, dándonos la vuelta antes de volver a encontrarnos, mientras el primer sol de la mañana se filtraba por la persiana, se alargaban y desplazaban las sombras en la habitación sin despertar, se iba oscureciendo la tarde hasta regresar la noche sin llegar a abrir los ojos, suspendidas las necesidades fisiológicas, hibernados, comatosos, astronautas en travesía galáctica, bellos durmientes que no pueden despertar, que no quieren despertar, entregados a otra noche más. Me parecía una imagen hermosa, feliz, deseable. También te lo debía de parecer a ti, también nos verías así en tus noches desveladas, pues diste tú el paso para hacerlo realidad: buscaste un lugar cercano y barato, un pequeño apartamento rural en un pueblo de la sierra, a menos de una hora, dos noches a precio muy asequible por ser temporada baja y entre semana. Te inventaste ante Óscar un viaje de trabajo que te obligaba a pasar dos noches fuera, y a la vez te excusaste en el trabajo con algún motivo familiar para cobrarte las muchas horas extra no pagadas; yo le dije a Inma que tenía dos sesiones de máster seguidas, ninguna sospecha de nuestras parejas. Te recogí en mi coche, y aquel breve viaje fue la única vez, desde la noche que nos conocimos, en que compartimos despiertos algo más que los escasos minutos que solían resbalarnos hacia el sueño. Te pedí que me hablaras para no quedarme dormido: los dos llevábamos cuatro o cinco días de muy poco dormir, y solo con estar juntos ya nos apretaba el sueño como a otros les aprieta el deseo; me hablabas para que aguantase despierto, solo nos faltaba un accidente, estrellarnos por quedarme dormido al volante, un final tragicómico, a la altura de nuestra historia; me hablaste levantando más la voz, no con el arrullo con que tantas noches me dormías y te dormías, me hablaste en lo más parecido a una conversación que hemos tenido en meses, durante el corto e interminable viaje me hablaste del *sleep tourism*, habías leído un reportaje sobre la nueva tendencia entre los más adinerados: hoteles con todo dispuesto para garantizar el buen dormir, servicios y comodidades para que sus insomnes clientes pasen varios días y noches de sueño reparador, el buen dormir como un lujo, pero nosotros nos habíamos organizado nuestro propio turismo del sueño, turismo rural del sueño, la versión *low cost* del *sleep tourism*, no necesitábamos más que una cama, ni eso, un colchón en el suelo, bromeabas mientras hacías esfuerzos para seguir hablando y mantenerme despierto, luchando tú misma contra tu adormecimiento, mecidos por las curvas de la carretera, el ronroneo del motor y la luz declinante del atardecer que nos volvía miopes, el lubricán, hasta que llegamos a un pueblo, a la salida del cual una breve y empinada pista de cemento nos llevó a un antiguo cortijo reconvertido en apartamentos. El encargado nos fastidió con su hospitalidad, su insistencia en explicarnos el funcionamiento del termo o la calefacción, sus sugerencias de excursiones por senderos que nos marcó en un mapa, su lentitud al mostrarnos la terraza desde donde podíamos ver en ese mismo momento la puesta de sol, todo innecesario pues solo queríamos dormir; debió de notar nuestro desinterés y nuestra impaciencia, pensaría que éramos dos amantes dispuestos a cuarenta y ocho horas de sexo sin salir de la cama. En cuanto nos dejó solos corrimos al dormitorio, abrimos la cama, nos desvestimos con prisa, nos tumbamos y me ofreciste tu espalda, me abracé a ti, nos dimos unas cómicas buenas noches conyugales, y nos entregamos a un dormir que deseábamos sin fin. No abrimos los ojos durante la noche entera y parte de la mañana siguiente, catorce o quince horas hasta que nos despertó el hambre, la barriga rugiendo. Sin pisar el suelo, sin salir de la balsa, la alfombra voladora, acercaste tu maleta y buscaste una bolsa con provisiones sencillas: plátanos, frutos secos, empanadas, queso ya troceado, picos, bocados fáciles que comimos en la misma cama y sin levantar la persiana, en penumbra, con más deseo de dormir que sueño real, riéndonos de la situación y apenas hablando, cómodos en el silencio solo rasgado por el masticar y las risas al vernos allí comiendo casi a oscuras y sin salir de la cama. Yo creo que no necesitábamos ayuda, que nos habríamos vuelto a dormir fácilmente con la tripa llena, pero tú sacaste de tu bolso un blíster con algo que te habían recomendado, tómate una de estas, te decía una compañera de trabajo, tu madre, una amiga, el médico, algo que tomabas solo en caso de emergencia, cuando ya no aguantabas más sin dormir. Te metiste dos pastillas en la boca y me ofreciste otras tantas: hemos venido a dormir, así que durmamos, quiero dormir más, quiero dormir sin fin.

DIARIO DEL SUEÑO, 12 DE MARZO

Cinco horas seguidas, buena noche. Sin siestas ni somnolencia diurna. Dos copas de vino, dos cafés. Un lorazepam.

Hotel Hyde Park Mandarin Oriental, Londres. Nuestra conserje especialista en sueño, Malminder Gill, ofrece exclusivas sesiones individuales para garantizarle el mejor descanso. Experta en hipnoterapia integral, entre su clientela se incluyen miembros de la realeza y actores de Hollywood, que desde hace años se han beneficiado de un método respaldado por la ciencia y desarrollado a lo largo de más de una década de investigación y experiencia. Nuestros clientes pueden reservar una consulta privada con ella, tanto en el spa como en su propia habitación, que incluye una sesión personalizada de hipnosis de inducción al sueño. El coste de la consulta de una hora es de medio salario mínimo. La oferta de nuestro spa incluye también el tratamiento de sueño profundo mediante la sincronización de los ritmos circadianos. Un tratamiento multifásico pensado para mejorar el sueño, el bienestar mental y la vitalidad de la piel. Relájese envuelto en aromas y toallas confortables. Nuestra terapeuta aplica de manera experta una armoniosa combinación de aceites relajantes y bálsamos infusionados con magnesio, melatonina y CBD a fin de promover una relajación profunda y un descanso reparador. El coste de una sesión es de 0,3 salarios mínimos.

Equinox Hotel, Nueva York. Un oasis urbano para su mejor sueño. Nuestro programa Arte y Ciencia del Sueño cuenta con respaldo científico y está diseñado para dar a nuestros clientes un sueño profundo y reparador. Consiste en una estancia de dos noches en una habitación totalmente optimizada para el descanso. El programa Rituales AM-PM ofrece a los clientes técnicas de sonido, movimiento y respiración diseñadas para regular su ritmo circadiano. Nuestro Spa Wave Table permite el equivalente a tres horas de sueño en solo treinta minutos, junto con dos tratamientos de crioterapia que mejoran la calidad del sueño profundo reduciendo los niveles de cortisol e incrementando el oxígeno y el riego sanguíneo. La experiencia incluye inmersiones calientes y frías que facilitan la recuperación de la fatiga muscular y la relajación. Nuestro menú selecciona comidas y bebidas que aumentan la producción de melatonina. Y una vez en la habitación, simplemente pulse un botón junto a su cama, y el ambiente se optimizará en cuanto a las condiciones de luz, sonido y temperatura. El precio total del paquete de dos días es de 1,5 salarios mínimos.

[03:39]

Se lo conté por fin a Inma. Descubrir que ella tenía un amante me animó a ser honesto: era evidente que ella había desconectado de mí tanto como yo de ella, y pensé que era mejor poner las cartas boca arriba de una vez, reconocer los dos que veíamos a otras personas, y a partir de ahí fundar una nueva convivencia sin hipocresía ni mentiras, sin expectativas ni decepciones. Sentía además necesidad de compartir lo nuestro con alguien, nombrarlo en voz alta para darle realidad. Asumo que mi pareja, mi todavía pareja, no era la persona más indicada para hacerla cómplice de algo así, pero su infidelidad recién descubierta, nuestras noches en habitaciones separadas, *sleep divorced*, el hecho de que en los últimos días nuestra relación hubiera ganado en distensión familiar todo lo que habíamos perdido en intimidad amorosa, alcanzada una convivencia más propia de amigos que de matrimonio; el estar los dos con necesidades básicas satisfechas, ella con su amante y yo con mi durmiente, ella satisfaciendo su deseo y yo mi sueño, en camas ajenas los dos; el librarnos de las tensiones propias de una pareja que se resiste a su extinción; la posibilidad de reconvertirnos en compañeros de vida, familia conviviente, pareja abierta o cualquier otra fórmula a nuestra medida, sin dramas, rencores ni temor a una separación traumática y ruinosa que ninguno de los dos deseábamos; todo eso me hizo creer, ingenuo, cretino, que podríamos ir un paso más allá, reconocer nuestros respectivos espacios de alivio, reconocer que habíamos dejado de ser una pareja o que podíamos ser otro tipo de pareja, otra etapa, no necesariamente peor, y además reconocerlo sin dolor ni decepción; así que pensé, ingenuo, cretino, pensé que podía contarle, que lo entendería como yo entendía su aventura recién descubierta, lo pensé y hasta lo ensayé en conversaciones imaginarias, en las horas nocturnas, pero cuando por fin se lo dije, me arrepentí solo un instante después de haber hablado. Fue nada más terminar las Navidades, tras mi fin de año contigo, y ambas circunstancias me empujaron a hablar con ella: las Navidades, porque fueron el tiempo más largo que tú y yo pasamos sin dormir juntos, y por tanto sin dormir bien: las dos semanas previas a la Nochebuena coincidieron un par de viajes tuyos y unos días míos de sobrecarga laboral, de forma que al llegar las fiestas llevábamos ya más de dos semanas sin miércoles ni otros encuentros, agotados, con el estrés propio de las fechas, estrés laboral de final de año, de plazos de entrega que vencían en mi caso, de cierre anual en el tuyo según comentaste, más el estrés familiar de las propias Navidades, y el estrés nocturno de tantos días sin dormir en condiciones, y todavía tuvimos que sumar varios días de distancia en los que cada uno estaba con sus familias y sus obligaciones festivas, incapaces de encontrar unas horas para vernos, para no vernos, para dormir, ni siquiera nos enviábamos mensajes en esos días porque no había cita posible, y yo te echaba de menos, puedo decirlo así: en esos días te eché de menos con fuerza por primera vez, no sé si te echaba de menos a ti o echaba de menos dormir contigo, supongo que es lo mismo pero puedo decirlo así, sin miedo a las palabras intensas: te echaba de menos, me arrastraba durante el día fastidiado por tantos planes navideños que a su natural condición fastidiosa sumaban el fastidio de parecer programados y obligados y alargados con el solo objetivo de impedir que durmiese un rato contigo; me sentía irritado, a la irritación propiamente navideña sumaba la irritación de no poder verte, todo me molestaba y me acababa enfadando con Inma, con los niños, con familia y amigos que se empeñaban en exhibir alegría y me debían de ver como un gruñón antinavideño, ignorantes de que por dentro me ardía la necesidad de verte, no verte, dormir contigo. Hasta que llegó la Nochevieja, que celebrábamos solos en casa Inma, los niños y yo. La noche transcurrió rutinaria, festivamente rutinaria: cena especial, alcohol, uvas, llamadas y videollamadas con familiares, más alcohol, cachitos televisivos, juegos de mesa, más alcohol, hasta que de madrugada los niños se fueron a la cama, Inma se quedó dormida en el sofá, y entonces llegó tu mensaje, como uno más entre decenas de felicitaciones de amigos y conocidos, pero el tuyo no me deseaba un buen año ni compartía vídeos cursis, solo decía: no duermo contigo desde el año pasado. Y añadías una dirección, de sobra conocida. Le dije a la adormilada Inma que iba a salir, que me unía a la fiesta de unos colegas en un bar del centro, no opuso objeción alguna, pásalo bien y ten cuidado, y yo marché como uno más de quienes a esa hora dejaban sus casas tras la cena familiar para seguir celebrando, corrí por las calles entre grupos de felices y ebrios, acompañado por el retumbar de petardos y la música que salía de ventanas abiertas, corrí feliz y ebrio yo también, y al doblar la última esquina y ver el portal estabas allí esperándome, o tal vez acababas de llegar y me habías visto aparecer corriendo, dudé incluso de si eras tú, llevaba muchos días sin verte, siempre me cuesta recordar bien tu cara tan pocas veces vista, y además estabas diferente: más maquillada, con la sonrisa endulzada por el alcohol y los ojos achicados también de alcohol o de sueño, bajo el abrigo dejabas ver un vestido propio de una noche así, largo y muy ceñido a tus formas: incómodo para dormir, eso fue lo primero que pensé al verte, otro habría pensado en lo bonita y hasta deseable que estabas, pero mi cerebro feliz y ebrio solo pensó que era un vestido incómodo para dormir. Entramos en el hostal, a salvo esa noche del recepcionista impertinente y sus chanzas acerca de la parejita de los miércoles que aparecía en mitad de la última noche del año: nos recibió una limpiadora que estaba de guardia y que ni siquiera nos pidió identificarnos, nos entregó enseguida la llave de la habitación número veinte y nos deseó feliz año, debió de pensar que éramos dos recién conocidos en una fiesta, o dos amantes escapados de nuestras familias, y que recorreríamos el pasillo empujados por el deseo, oyendo las risas y gemidos de quienes ocupaban otras habitaciones, nos desvestiríamos nada más entrar, sin siquiera encender la luz, tirando uno de la ropa del otro, torpes y divertidos, felices y ebrios, y nos dejaríamos caer en la cama, y hasta ahí llegaba la imaginación de la limpiadora: nos metimos bajo la sábana y la manta, todavía con el frío de la madrugada en la piel, y, mientras seguían sonando petardos en la calle, nos dijimos feliz año antes de caer sin resistencia, fulminados por la deuda acumulada de sueño, el alcohol de la noche, la hora tardía y sobre todo la cercanía de nuestros cuerpos, el acompasar de las respiraciones, la calma de estar juntos, la intimidad durmiente que nos envolvió en sus hilos de seda hasta formar un capullo hermético y apretado del que no salimos hasta el mediodía del 1 de enero, para alarma y enfado de nuestras parejas que despertaron resacosas en sus camas sin encontrarnos, sin saber de nosotros y sin que respondiéramos a sus preocupadas llamadas. Después de aquella Navidad desesperada y de esa última noche del año y primera mañana del nuevo año que dormí contigo, me sentí con más necesidad, incluso con obligación, de sincerarme con Inma. El primer miércoles tras las fiestas, cuando por la tarde yo estaba a punto de salir para mi viaje simulado de los miércoles y por tanto la noche contigo, Inma me anunció que el viernes siguiente no dormiría en casa, que tenía plan con su grupo de amigas como tantos viernes últimamente, pero que esta vez se quedaría a dormir en casa de una de ellas; y al oírla, con mi cartera de falso profesor de máster colgada al hombro y fingiendo prisa para no perder un inexistente tren, no vi sentido a prolongar nuestros engaños, quise facilitarle la sinceridad y el descanso de que tampoco ella tuviese que inventar más mentiras para sus citas con su amante, ya que tras haberla visto aquella mañana entrando en un hotel, yo había investigado más, no por celos sino por confirmar el alcance de su relación y así dar nuevos pasos en el desmontaje o reconversión pacífica de nuestro matrimonio, y había comprobado, sin sorpresa ni demasiada tristeza, que sus viernes de amigas no eran tales. De modo que, con la tranquilidad de saber qué cartas tenía cada uno en la mano, con la conciencia limpia de no engañarla porque mi engaño era simétrico al suyo y por tanto se anulaba cualquier culpa, decidí, ingenuo, cretino, decidí poner fin a ambos engaños: yo hoy no voy al máster, le dije. Ah, ¿entonces duermes en casa?, preguntó todavía inocente. No, no duermo en casa, pero no voy al máster porque no existe el máster. Me miró con desconcierto, con cara de no entender lo que yo decía, no porque fuese una revelación difícil de comprender, más bien como si no entendiese del todo mis palabras, no me hubiera oído bien o le hablase en otro idioma, así que me expliqué: el máster no existe, o sí, existe, pero yo no soy profesor, en realidad paso las noches de los miércoles con otra persona. Si su asombro no era sincero, lo teatralizó bien en su expresión pasmada. ¿Te acuestas con otra?, preguntó por fin. Sí, o no, no exactamente, me acuesto con otra mujer pero solo dormimos, aclaré, es decir, la confundí un poco más. No entiendo, dijo, pues en efecto no era fácil de entender. En ese momento comprendí, ingenuo, cretino, que había sido mala idea contárselo, o al menos contárselo así, decirle que solo dormíamos; habría sido todo más fácil si mi verdad contuviese parte de mentira: haberle dicho que me veía con otra persona para lo mismo que ella con su amante: para follar, para pasar unas horas o la noche entera en la cama pero despiertos, excitados, rodando y acariciándonos y lamiéndonos y penetrándonos y corriéndonos, *une liaison pornographique*, así seguramente habría facilitado su confesión recíproca, que ella me contase aliviada que también tenía un amante. En vez de eso, me enredé en explicarle lo inexplicable, no sé si para que me entendiera o por mi necesidad de contar, nombrar, relatar lo que me venía ocurriendo desde hacía meses y que nunca había contado a nadie, y así tal vez entenderlo yo también; pero cuanto más le contaba a Inma, cuanto más detalle le daba, más inexplicable le resultaba a ella y más inexplicable para mí mismo al escucharme, al poner palabras a una relación tan anómala: le conté que había conocido a alguien con quien dormía, con quien podía dormir, con quien me quedaba asombrosamente dormido solo con estar juntos; por supuesto hablé demasiado, su silencio era de desconcierto pero funcionaba como el mutismo del periodista astuto que se queda callado para que el entrevistado hable de más, y yo también hablé de más: le conté que los dos éramos insomnes y habíamos encontrado descanso en dormir juntos, que lo hacíamos cada miércoles en un hostal pero que también otras veces, por ejemplo a media mañana de un día laborable en un hotel a las afueras, dije buscando su empatía adúltera sin conseguirla, más bien al contrario. No sé si lo entiendo, pero no me gusta, dijo ella cuando callé por fin mi cháchara. No sé si lo entiendo, pero no me gusta. Podría haberle dicho en ese momento que yo sabía lo suyo, para cubrirme, equiparar comportamientos, anular un engaño con otro, amortiguar su rechazo, pero no lo hice; no sé si no lo hice porque esperaba que fuese ella la que confesase, la que correspondiese a mi sinceridad, la que entendiese que ya no era necesario ocultar nada, y así diésemos juntos un nuevo paso, un gran paso, un paso valiente no hacia la liquidación de nuestra pareja sino hacia su conversión en algo civilizado y habitable, la madurez conyugal, compañeros de vida, etcétera; o quizás no lo hice, seguramente no lo hice, porque viendo su cara de estupefacción pero también de dolor, de dolor verdadero e indisimulable, de dolor profundo y humillante, de dolor íntimo que aprieta el ceño y hace temblar la mandíbula, entendí que no había simetría ni reciprocidad, que nuestros engaños no eran equiparables: que es más incomprensible que tu todavía pareja duerma con otra persona a que folle con otra persona; que es más incomprensible y más doloroso que tu pareja consiga quedarse dormida con otra persona sin que sea consecuencia del sexo previo; que es más incomprensible y más doloroso y también más irreversible que tu pareja haya encontrado a alguien con quien dormir, solo dormir, nada más que dormir, nada menos que dormir como ya no duerme contigo.

DIARIO DEL SUEÑO, 13 DE MARZO

Me acuesto a las 00:30 h, me levanto a las 06:30 h. Me duermo fácil, no me despierto en la noche.

Nada de alcohol ni café. Dormidina y lorazepam.

Somnoliento en la mañana, dificultad de concentración, narcolepsia lectora.

Antes de acostarme hablé con mi hermana por teléfono. Le pregunté cómo duerme, y me acabó contando un episodio de insomnio que sufrió hace años.

Vivían entonces, ella y su todavía marido con sus dos hijos pequeños, en el piso bajo de una comunidad de vecinos que compartía un enorme patio de manzana, al que se asomaban todas las viviendas desde dormitorios y cocinas, cerrándolo en cuadrado como una plaza mayor. Era una finca antigua, de casi un siglo, donde a lo largo de los años cada propietario había reformado su piso a su antojo, también exteriormente, resultando en una graciosa variedad de acabados en las cuatro fachadas que encuadraban aquel espacio compartido: todo un catálogo de ventanas de distintos tamaños y materiales, tramos de pared con azulejos y otros pintados en diferentes tonos, y algunos vecinos que habían aprovechado la anarquía arquitectónica para unir dos pisos formando un dúplex, ganar una planta superior eliminando la cámara de aire bajo el tejado o, como en el caso de mi hermana en su bajo, abrir desde la cocina una salida directa al patio.

Allí fuera reinaba el mismo desorden encantador que en las fachadas: la zona central estaba descuidada y llena de maleza, grandes naranjos y limoneros, baldosas rotas, columpios viejos y escombros estratificados por décadas, mientras que las zonas más próximas a las viviendas habían sido parceladas por los vecinos basándose en supuestos derechos de uso consolidados por la costumbre, y preparadas como huertos, alfombradas con césped artificial, equipadas con barbacoas, casetas, tendederos y piscinas portátiles en verano. Mi hermana había aprovechado la salida directa para incorporar a sus dominios unos pocos metros delante de su puerta, que limpió de malas hierbas, pavimentó, llenó de jardineras, e instaló allí un cenador con mesas, sillas y butacas de jardín.

Me contó, no entonces sino anoche, que el caótico patio era también una fuente de abundante vida: numerosos pájaros anidados, que su marido identificaba y nombraba ayudado de una guía de aves, además de varios gatos que desde los pisos bajaban y se movían con libertad campestre, invencibles hormigas que agobiaban a los habitantes de los bajos y demasiados mosquitos en verano. Y ratas.

Fue una vecina de otro piso bajo la que, poco después de que abrieran la salida, vino a advertirles: qué obra tan bonita, pero yo no lo habría hecho, os puede entrar una rata por la puerta. Qué ratas, preguntó mi hermana, que solo llevaba unos meses viviendo allí. No me puedo creer que no las hayas visto todavía, dijo la vecina, y señaló hacia la zona más descuidada del patio: está plagado, los gatos se vuelven locos. Ante la cara de espanto de mi hermana, la vecina se recreó un poco más: le contó que a la familia de otro piso bajo, años atrás se les había colado una rata trepando por el tronco canijo de un jazminero asilvestrado que alcanzaba en altura hasta la ventana del baño, y menudo susto les dio, la encontraron en la habitación de su hija pequeña cuando por suerte no estaba la niña. Las ratas se cuelan por todas partes, dijo la vecina, son capaces de caminar como funambulistas por los cables viejos del teléfono, trepan paredes lisas, entran por agujeros imposibles para su tamaño, incluso bucean desde las alcantarillas y remontan los bajantes y desagües para salir por el váter, yo siempre miro bien y tiro de la cadena antes de sentarme, lo he avisado muchas veces en las reuniones de la comunidad para que venga una empresa de desratización pero nunca me hacen caso, por eso yo solo abro las ventanas si estoy presente, y perdona si te he asustado, he creído que hacía bien en advertirte ya que veo que tienes la puerta abierta toda la tarde, sobre todo al anochecer que es cuando más activas están las ratas, y como tienes niños pequeños, mejor avisarte para que luego no te lleves un susto o tengamos una desgracia.

Mi hermana agradeció la información, con una mueca indisimulada de asco, y pasó el día con el estómago encogido. Se acercó a la zona central del patio, escudriñó entre los matorrales y escombros sin ver nada, los gatos parecían tranquilos. Por la noche lo comentó con su marido, que se rio de la vecina: dijo que era una envidiosa, una vieja solitaria y amargada, se había dirigido a él varias veces durante la reforma del piso y siempre para quejarse del ruido y el polvo, la había visto en la ventana de su cocina mientras los albañiles abrían la nueva puerta, con cara de no gustarle que hicieran algo que a ella nunca se le había ocurrido o que no podía pagar; allí no había ratas, qué tontería, no tenían por dónde entrar desde la calle, y si algún ratoncillo se colaba ya estaban los gatos y los pájaros para hacerse cargo; ella no tenía que preocuparse ni hacerle caso a una vieja amargada.

Mi hermana me contó que esa primera noche ya no pudo dormir. Antes de acostarse hizo una batida por toda la casa, arrodillándose para mirar bajo los muebles. Ya en la cama se comprometió a no dejar más la puerta abierta si no estaba ella pendiente. Pensó que hacía más de una semana que habían estrenado la nueva salida, y que el buen tiempo había hecho que la dejase abierta a todas horas: los niños salían a jugar, ella se sentaba a leer a la sombra del cenador, habían comido varias veces afuera, se sentían afortunados de contar con las ventajas de una casa unifamiliar con jardín sin los inconvenientes de la propiedad vertical, y además en el centro de la ciudad. ¿Habría entrado la rata en todo ese tiempo? Noté que mi hermana, al contarlo, hablaba de la rata y no de una rata genérica, por lo que anticipé que acabaría apareciendo el roedor en algún momento de su narración, pero la dejé administrar la intriga a su gusto.

No podía dormir. Visualizaba a la rata, en su insomnio la veía moverse con sigilo por la zona del patio más asalvajada, para no ser detectada por gatos y aves, acercarse hacia su piso, atraída por el olor de la cocina, por el ruido, la luz o lo que sea que interese a las ratas, atraída por la puerta abierta como una invitación, correteando deprisa por el terreno despejado hasta llegar y meterse a toda prisa, urgida por la intemperie y el riesgo de ser atrapada, y una vez dentro qué habría hecho, hacia dónde se habría dirigido, dónde buscar refugio rápido. La puerta comunicaba con la cocina, que debía de ser el lugar preferente para una rata. Mi hermana se levantó en mitad de la noche y volvió a arrodillarse para inspeccionar bien bajo los muebles de la cocina. Retiró el zócalo que ocultaba ese espacio, y alumbró con la linterna del móvil, esperando a cada momento encontrar el brillo de dos ojitos al fondo entre pelusas y migas, sin saber bien qué haría en ese caso, golpearla con la escoba, abrir la puerta para que saliese, gritar para que la ayudase su marido y la oyese la vecina que, en la cama, se relamería en su amargura y en su soledad y en su envidia. Revisó bien bajo los muebles, retiró la nevera, metió un palillo de restaurante chino bajo la lavadora. Miró también en las zonas altas, las ratas trepan paredes lisas, se lo había dicho la vecina, se subió en una banqueta y se asomó con aprensión a las azoteas de los muebles. Buscó con más atención en el armario despensa, si ella fuese rata se habría metido ahí, comida abundante a disposición. Antes de acostarse comprobó que sus niños dormían bien, los arropó y espantó de su cabeza la idea de que la rata estuviese bajo las camas. No espantó del todo la idea porque tras acostarse volvió a levantarse y alumbró bajo las camas de sus hijos, incluso levantó las sábanas y las sacudió antes de volver a taparlos, de pronto la rata podía estar en cualquier parte, podía estar en todas partes.

El resto de las noches fueron peores, cada vez peores. Por el día se olvidaba de la rata, no se olvidaba del todo pero no la tenía tan presente. Tomaba la precaución de cerrar la puerta, reñía a sus hijos o discutía con su marido si la dejaban abierta, no se atrevía a nombrar la rata así que se refería a los gatos, podía colarse un gato si descuidaban la puerta. Pero a la noche, la rata regresaba, visible, rotunda, indudable: estaba dentro de la casa. Había entrado, no sabía cuándo, pero había entrado y se paseaba cada noche por la cocina, incursionaba en las habitaciones, había leído que son animales de hábitos nocturnos. Creía escuchar sus patitas corretear por el pasillo, por el doble techo, tras las paredes. Veía a la rata, no la imaginaba sino que la veía con claridad, en su insomnio veía a la rata moverse por la encimera de la cocina, arrastrar su pelambre sucia y contagiosa por los mismos lugares que al día siguiente limpiaba con un estropajo y lejía antes de poner ningún alimento. Veía a la rata asomarse a la habitación de los niños, sacudir su hocico, colarse por la mínima rendija bajo la puerta aunque estuviera cerrada, trepar a las camas de sus hijos, lamer sus rostros con su lengua rasposa, acaso morderlos y transmitirles enfermedades medievales. Veía a la rata entrar en su propio dormitorio, se giraba en la cama y clavaba los ojos en la puerta, esperaba ver una sombra negruzca y pequeña corretear en la penumbra, no podía dormirse porque cuando se durmiera le treparía también a ella, se le colaría bajo la sábana, le hurgaría en los pliegues y orificios del cuerpo.

Pasaban los días y la rata había tomado la casa entera: estaba en una mancha grasienta en el suelo que mi hermana observaba con aprensión. En unos gránulos oscuros que encontraba bajo un mueble o entre los zapatos del armario, y que comparaba con fotografías de excrementos vistas en Google. En el agujero mínimo que descubría en la bolsa del pan y que podía venir así de la tienda, haberse roto con la propia corteza, o haberlo abierto la rata con sus incisivos para luego roer tal vez ese cuscurro de pan que ella no recordaba haber mordisqueado. Estaba también en la mirada complacida de la vecina, que desde la ventana de su cocina no quitaba ojo a su piso, su puerta por la que tal vez ya había visto entrar a la rata, quizás la vio entrar antes de advertirla, quizás lo sabía y había preferido no contárselo para que la encontrase ella, para que alguna noche oyese chillar a uno de sus hijos tras ser mordido; quizás la había metido ella misma, una bruja que con su canto convocaba alimañas obedientes, tal vez llevaba décadas aterrorizando a vecinos que se acababan marchando. Qué barato les había parecido aquel piso viejo, ahora lo recordaba.

La rata estaba por todas partes. Las ratas, incluso, porque en su búsqueda obsesiva de información, de consejos para detectar su presencia, de remedios caseros para ahuyentarlas, de empresas de desratización, lo primero que había aprendido era su rapidez reproductiva, sus gestaciones cortas, sus camadas numerosas, el crecimiento exponencial de las crías, decenas de ratas podían recorrer el piso a la noche mientras la familia dormía, mientras su marido y sus hijos dormían y ella no dormía y pasaba el día agotada, malhumorada, entregada a su obsesión.

Su marido, hoy exmarido, solo supo de su temor el día que encontró tras el váter una trampa para roedores, no la típica trampa de dibujos animados con un trozo de queso y un mecanismo de alambre, sino una cajita de plástico negro que contenía un cebo impregnado de un veneno que la rata comería y llevaría hasta su nido para alimentar y exterminar a toda su camada. Qué es esto, preguntó él, sabiendo ya lo que era por la etiqueta que tenía la trampa en la parte inferior. Lo he puesto por si acaso, dijo ella. Por si acaso qué, insistió él. La vecina me dijo que había ratas en el patio. No hay ratas en el patio, se rio él, una risa que seguramente pretendía tranquilizarla pero que ella se tomó como una forma de desprecio, de humillación, de llamarla loca, ya teníamos una loca en el edificio, la loca esa vieja amargada y solitaria, y ahora tenemos otra loca, la madre loca de las ratas.

No, no había rata al final de su relato. No siguió contándome, porque yo ya sabía cómo terminaba, puse en pie la cronología familiar: se separaron, debió de ser unos meses después de aquello; se separaron y vendieron el piso, revalorizado por la reforma que le habían hecho, devaluado a su vez por la venta demasiado rápida, los gastos bancarios de cancelar la hipoteca, el dinero de la reforma no recuperado del todo. Hasta el mismo día de la mudanza esperó mi hermana que apareciese la rata al retirar algún mueble. Y ya en su nuevo piso revisaba las cajas al abrirlas por si se había colado alguna. Tal vez la encontrarían los siguientes inquilinos.

No se divorciaron por la rata. En su día nos habló de diferencias irreconciliables, esa fue su expresión más repetida en las conversaciones familiares: diferencias irreconciliables. Diferencias en todo lo doméstico y, más importantes, en la crianza de los hijos, además de un desgaste de años, un cansancio de dos décadas que los acabó matando como a tantas parejas.

Bueno, diferencias irreconciliables y que él me engañaba, me confesó mi hermana al final de su relato: él me engañaba; no os lo conté entonces por vergüenza, pero descubrí que llevaba meses en una relación paralela con la misma mujer que hoy es su pareja. Y lo peor es que la traía a casa, se veía con ella en nuestra propia casa por las mañanas mientras yo estaba trabajando y los niños en el colegio. Follaban en nuestra cama. Lo descubrí mientras buscaba el nido de la rata: en la parte baja de un armario, entre zapatos de poco uso, lugar ideal para un nido, no encontré crías ciegas y rosadas, devorándose unas a otras, sino una caja de condones y un bote de lubricante casi gastado.

Ya entiendo, le dije a mi hermana: ya entiendo, la rata era una metáfora de vuestra descomposición como pareja.

Qué metáfora, qué mierda dices, me respondió muy molesta: no era ninguna metáfora, era una rata nada metafórica, una rata de verdad.

[04:01]

En tu caso, no se lo contaste a Óscar, no fuiste ingenua ni cretina, lo averiguó él antes. No debía de sospechar de tus noches semanales fuera de casa, pues ya eran habituales antes de conocernos; seguramente fue tu cambio de humor, tu mejor cara, tu afabilidad en casa, tu fastidio si un miércoles él te decía que no podía quedarse con el niño, las veces en que recibías un mensaje e improvisabas una excusa para salir, o tu desaparición en Nochevieja, motivos todos para la sospecha de cualquier marido que acaba buscando en Google: las diez señales que delatan un adulterio, cómo saber si tu pareja te engaña, así se comporta una mujer infiel. O quizás no sospechó, en su inocencia de marido confiado, y lo que pasó fue que te encontró casualmente, como yo a Inma aquel día a media mañana, la casualidad nos unió, y otra casualidad podía separarnos: Óscar pudo verte por la calle cualquier miércoles a última hora de la tarde, alguna vez me contaste que era conductor, no sé si de pasajeros o de qué, taxista, VTC, reparto, pudo verte mientras conducía, verte por la calle, camino de nuestro hostal en vez de estar en una reunión laboral a trescientos kilómetros, y decidiría seguirte, te vería entrar en aquel portal, se fijaría en la placa del hostal, subiría la escalera cada vez más temeroso de lo que iba a descubrir; o no subió ese día, tal vez no pudo aparcar o no quiso saber más, no todavía, y se marchó con solo esa información, y al día siguiente, al volver tú a casa tras el supuesto viaje, te preguntó qué tal había ido todo, y tú le contaste detalles del tren, el hotel, la reunión, la cena, mientras él sonreía para ocultar la rabia que lo encendía por dentro; quizás había esperado al siguiente miércoles para seguirte de nuevo, para esperarte frente al portal, verte llegar, entrar un poco después de ti, subir la escalera mientras tú en el ascensor y, desde el rellano anterior, verte sin ser visto, verte salir de la planta de recepción, llave en mano, para subir al siguiente piso donde estaba nuestra habitación. Te seguiría unos pasos por detrás, se asomaría al pasillo para comprobar en qué habitación entrabas: la número veinte. Esperaría un rato afuera, sin llamar la atención del recepcionista que solía estar en su mostrador mirando un televisor; esperaría durante minutos, tal vez una hora entera, vería entrar parejas de amantes, evidentes amantes que acudían a follar a aquel hotelucho y salían del ascensor comiéndose la boca; Óscar escucharía desde el rellano las risas y los gemidos tras las puertas, todo lo cual iría aumentando su indignación por saberte en una de esas habitaciones, más indignado aún por lo sórdido del establecimiento, vería a alguna prostituta entrar o salir, se asquearía con el pestazo a ambientador; hasta que ya no pudo más, avanzó por el pasillo, se detuvo frente a nuestra puerta, y llamó. Supongo que primero con suavidad y, ante la falta de respuesta, tal vez acercó la oreja a la madera, no oyó nada y volvió a golpear con los nudillos, más fuerte. Lo supongo, solo lo supongo porque no lo oí, no lo oímos, dormidos los dos, profundamente dormidos, desentendidos de su llamada, de sus golpes en la puerta, con los nudillos, con la palma de la mano, con el puño que nos sobresaltaría sin llegar a despertarnos del todo, acostumbrados a un hostal siempre ruidoso, los golpes y los gritos resquebrajando nuestra cápsula, nuestra cúpula invencible que se fue astillando, los golpes y los gritos que pedían, exigían que abriésemos la puerta, y que conseguían solo que se abriesen otras puertas, que se asomasen al pasillo varios amantes interrumpidos en su cópula, clientes de prostitución que temían ser los destinatarios de aquella rabia, el desganado recepcionista que por fin subiría, sin prisa y sin alarma, tal vez habituado a maridos burlados que escandalizan el edificio entero con sus gritos y golpes, el recepcionista que intentaría calmarle, que le pediría que bajase la voz, que escucharía sus explicaciones: mi mujer está ahí dentro, la he visto entrar; el recepcionista que se preocuparía no por el adulterio sino por la falta de respuesta del interior de la habitación, temiendo alguna tragedia, no una pareja de amantes asustados sino alguna muerte accidental, dos amantes suicidados, un crimen pasional, de modo que para desactivar el escándalo y que el resto de los usuarios volviese a sus habitaciones y ningún vecino llamase a la policía, acabó por abrir nuestra puerta con su llave maestra. Nosotros seguíamos acostados, ya no dormidos pero incapaces de despertarnos del todo, escuchando pero de lejos, como en sueños, el ruido, el aporreo en la puerta, la voz del recepcionista, esa otra voz que tú reconociste somnolienta y te espabiló de golpe, la voz de Óscar que entró, encendió la luz, la lámpara inclemente del techo nos descubrió en la cama, tú en camiseta, yo en calzoncillos, entrelazados en un amasijo de brazos y piernas, octópodos abisales, incapaces de abrir del todo los ojos, la boca pastosa, tú más despierta que yo por reconocer la voz de Óscar, yo todavía más de aquel lado que de este, tapándome los ojos de la lámpara cegadora, escuchando sin entender, quién era ese hombre, qué le pasaba, por qué gritaba así, por qué te levantabas, por qué llorabas, por qué le decías que te perdonase, que se lo podías explicar todo, que no era lo que parecía, dijiste, la frase de toda mala comedia de cuernos: puedo explicártelo todo, no es lo que parece, solo estábamos durmiendo, solo dormíamos.

DIARIO DEL SUEÑO, 14 DE MARZO

Mala noche. No duermo nada. No me levanto, me quedo en la cama.

Echo cuentas. Lo hago a menudo, cuando no puedo dormir. No cuento ovejas somníferas, sino euros. Dicen que contar, ovejas o cualquier otra cosa contable, te hace centrar la mente en una tarea que exige toda tu atención, evitando así pensamientos intrusivos y bucles ansiosos, alejando incluso la idea obsesiva de «no puedo dormir».

Acostado, a oscuras, echo cuentas. Sumo todo el dinero que he ganado en mi vida. Es una matemática precisa, maniaca y memoriosa que exige toda mi atención, y por eso a veces me ayuda a dormir. Visualizo todo ese dinero de mi vida como monedas doradas en montoncitos del Tío Gilito. Empiezo por los primeros trabajos, todavía al final de la adolescencia: monitor de campamento veraniego, clases particulares al hijo de unos vecinos, recogida de tomates en verano. Pequeñas cantidades, en pesetas de entonces, que recuerdo aproximadas y redondeadas, y tengo que convertir a euros para iniciar la suma. Mil pesetas, seis euros. Cien mil, seiscientos. Añado a continuación trabajos universitarios, tardes en un burger o un supermercado, bares en fin de semana, figurante de cine, encuestas, venta telefónica. Ingresos míseros que voy sumando de cabeza, lo que ocupa toda mi capacidad cerebral, veo las cifras como si las anotase en una pizarra, unas debajo de otras en una columna: seis y seis doce, y siete diecinueve, y cuatro veintitrés, me llevo dos.

Llegan los primeros trabajos asalariados, en una editorial infantil, en otra de libros de texto, en un periódico cuando todavía tenían correctores en plantilla. Trabajos en prácticas, medias jornadas, salarios mínimos, horas no pagadas. Después unos años de cierta bonanza, la edad de oro para mi nostalgia presente: dos mil euros al mes, dos mil euros de hace veinte años. Cantidades que multiplico por doce, por catorce contando pagas extra, más las indemnizaciones por despido, finiquitos, unos meses de prestación por desempleo cuya cuantía intento recordar, mi insomnio gusta de la exactitud. Esos años de trabajador con sueldo fijo me distraen un momento de la cuenta, me hacen recordar aquellas nóminas en papel que te entregaba el jefe de personal, la seguridad de saber que el día 30 recibirías la transferencia, sin retrasos, sin facturas pendientes, sin impagos, a veces me distraigo tanto que pierdo la cuenta y tengo que volver a empezar todo desde cero.

A partir de ahí, la treintena, que coincide con crisis económica: años de autónomo, colaborador, *freelance*. No hay exactitud posible, no hay sueldo fijo y multiplicable por doce o catorce, sino un goteo de pequeños pagos que me obliga a hacer estimaciones, medias mensuales. Voy repasando a partir de hitos recordables: el año que nació mi primer hijo, el año que nos mudamos, cuando firmamos la hipoteca, el segundo hijo, la oposición de

Inma... La memoria de lo agobiados o tranquilos que estábamos en cada momento me ayuda en las estimaciones: veinticinco mil euros un año, treinta mil otro, quince mil el más bajo...

El baile de cifras me adormece, despisto una suma, me quedo colgado en un diecisiete más veintiséis, con suerte acabo por quedarme dormido a mitad de un cuarenta y tres más dieciocho.

Pero siempre hay riesgo de que esta noche no consiga dormirme a tiempo, y en tal caso las cuentas contribuyen aún más al desvelo. La cifra resultante, lo magro de mis ganancias acumuladas en la vida, los escasos ahorros y el parco patrimonio, la falta de estabilidad, convocan viejos fantasmas en el dormitorio, vidas que no fueron, universos paralelos, decisiones fallidas, oportunidades perdidas, un acre sabor a fracaso en la boca. Incapaz de dormirme, la suma continúa, se acerca al presente, se adelgaza en los últimos años, incumpliendo la promesa de que el paso del tiempo, la madurez, la segunda parte de la vida, traerían la seguridad económica y la recompensa a tantos esfuerzos.

No me he dormido, ni me dormiré ya. Las cuentas no se detienen, sumo al total los veintipocos mil euros del año pasado, los aún menos esperados para este año. Las cuentas pasan de largo y se proyectan crueles hacia el futuro. Así dormimos los autónomos, así no dormimos los autónomos: lo he hablado con colegas, de mi profesión y de otras, todos refieren noches en que una calculadora luminosa prende en la habitación oscura, todos se han contado en la madrugada el cuento de la lechera, el cuento de la lechera autónoma; todos han buscado el móvil en la cama para abrir la app del banco o comprobar las fechas de facturas pendientes, todos han tenido largas noches contables, incluso en los años buenos.

Ya no me duermo. Los números siguen girando, como un surtidor de gasolinera, sumando más lentamente, dubitativo hacia el futuro. Encargos comprometidos hasta el verano, no hay más allá aunque me tranquiliza pensar que siempre llegan. El año próximo asoma como *terra incognita* que habrá que ir conquistando mes a mes, semana a semana, trabajo a trabajo, página a página. Los años venideros son un bosque oscuro, no alcanza el haz de la linterna. *Hic sunt dracones.* Todo además a merced de mi posible divorcio, como un huracán que amenaza no dejar en pie ni el bosque oscuro y que exigirá mayores ingresos mensuales; y a merced de cualquier imprevisto, cualquier accidente, cualquier catástrofe, incluso catástrofe nimia, que puede hacerte perder pie en el alambre: una enfermedad incapacitante, un incendio en la vivienda sin asegurar, dientes que se caen y necesitan implantes. Una crisis económica global que reduce encargos y baja más las tarifas. La inteligencia artificial sustituyendo por completo mi labor, sin posibilidad de reciclaje laboral en edad avanzada. Al fondo, muy a lo lejos, la jubilación asoma en la tiniebla, como un islote, tierra a la vista, visible a partir de otra sencilla cuenta: vida laboral, años cotizados, base media de cotización, a lo que restar futuras reformas del sistema de pensiones que obliguen a más años cotizados y reduzcan la cuantía. El horror, el horror.

[04:12]

Solo dormíamos, le dijiste a Óscar cuando nos sorprendió en el hostal: solo dormíamos. Y así era: no hicimos otra cosa en esos meses. Solo dormíamos. No te invité a cenar, no tomamos ni una cerveza juntos, no desayunamos a la mañana siguiente, solo dormíamos. No paseamos nunca, más allá de aquel primer paseo nocturno, y no porque tuviéramos que ocultarnos de nadie: solo habríamos paseado de poder hacerlo sonámbulos. No nos enviábamos mensajes, más que las escuetas convocatorias, la mera información para la siguiente cita: día, hora, lugar. Nunca nos llamamos por teléfono. No tenemos ninguna foto juntos. No supimos nuestros nombres. Apenas nos vimos la cara: a menudo entrábamos en habitaciones oscuras donde el otro esperaba, o aguardábamos con la luz apagada a que se abriese la puerta; y normalmente uno de los dos, el que se despertase primero, se marchaba sin despedida y antes de que el aún durmiente abriese los ojos; y otras veces, en el parque, el cine o el coche, manteníamos los ojos abiertos el tiempo imprescindible, los cerrábamos enseguida. No sabría decir de qué color son tus ojos. Recuerdo tu cara solo por partes: la barbilla, la curva de las cejas, la frente, y siempre vista en horizontal, tumbada, sin tensión. No sabría dar indicaciones a la policía para un retrato robot. Podría cruzarme contigo por la calle y no reconocerte. Tampoco nos tocamos, quiero decir que no nos tocamos despiertos como se tocan las parejas, los amigos o los amantes que se dan la mano, se abrazan o se toman de la cintura al andar; tú y yo solo nos tocábamos en el breve momento de componer la postura para quedar dormidos, tu cabeza en mi hombro o en mi pecho, mi brazo rodeándote; y por supuesto durante el sueño: sabemos que dormíamos abrazados, entrelazados en un amasijo de brazos y piernas, solapado uno a la espalda del otro, arbóreos, *the sleep of the beloved*; lo sabemos porque, aunque al despertar nos íbamos separando, y al abrir los ojos y recuperar del todo la conciencia ya había un pudor distante entre los cuerpos, a veces en mitad de la noche uno se despertaba o no llegaba a despertar pero sostenía la mínima conciencia para reconocer el otro cuerpo unido al suyo, y siempre al amanecer sentíamos el abrazo y el apretar recientes, lo sentíamos en el acorchamiento de un brazo que había estado horas bajo la espalda del otro, el calor de las pieles adheridas, tu olor en mi cuerpo, tu olor delator que me obligaba a ducharme antes de volver a casa. Tampoco hablamos fuera de una cama o de un asiento trasero de coche, y muy pocas veces hablamos totalmente despiertos, salvo la primera noche y aquel breve viaje a la sierra, nuestras conversaciones fueron casi siempre en la duermevela, sin habernos dormido del todo o sin terminar de despertar, como si hablásemos dormidos, somnílocuos: conversaciones en voz baja, con la boca floja y la lengua de trapo, conversaciones errantes e inacabadas, conversaciones fundidas en negro, conversaciones ronroneantes como una nana que nos adormecía, conversaciones a veces en monólogo por hablar uno mientras el otro estaba ya dormido, conversaciones mal recordadas al día siguiente, agujereadas, dudosas, como un folio mojado y de letra ilegible, reconstruidas con dificultad, amplificadas en la distancia y en el insomnio de otras noches, tal vez inventadas en su mayor parte.

DIARIO DEL SUEÑO, 15 DE MARZO

Buena noche, consigo dormir cinco horas seguidas. Dormidina, una copa de vino y un café en el día.

Antes de acostarme, leo prensa de hoy. Artículos sobre el quinto aniversario del confinamiento pandémico.

Nadie lo reconocerá, pero aquella primavera algunos dormimos como nunca antes. Nadie lo reconocerá, pero no hemos vuelto a dormir igual. Nadie lo reconocerá, porque no se entiende que pudiéramos dormir en aquellas circunstancias, que durmiésemos bien, que durmiésemos como nunca antes cuando lo esperable era que estuviéramos asustados, desconcertados, tristes. Y lo estábamos, mucho. Muy asustados, muy desconcertados, muy tristes. Pero dormíamos. Algunos, no todos, ni siquiera la mayoría, pues en esos mismos meses hubo también, hubo sobre todo, muchos insomnes, sobrevenidos o agravados, y hubo muchos que quedaron confinados en casas poco habitables, convivientes forzosos, gente empobrecida, asfixiada, obligada a salir cada día y trabajar en primera línea, o comprometida en puestos de responsabilidad. Y hubo por supuesto contagiados y contagiosos, enfermos y fallecidos, gente ingresada en la UCI y gente asfixiándose en sus casas, huérfanos y viudos que no pudieron velar a sus muertos. Pero algunos, muchos más de los que parece porque no solemos reconocerlo; algunos, pasados los primeros momentos de angustia; algunos, cuando quedó claro que no serían solo unos días; algunos, los que estaban económicamente más protegidos o trabajábamos desde casa, quienes no estábamos obligados a salir a la calle, quienes vivíamos en una casa habitable y teníamos con nosotros a los seres queridos y eran de verdad queridos, quienes no contábamos con familiares hospitalizados ni muertos sin velar, dormimos como nunca antes y no hemos vuelto a dormir igual.

Una forma extraña e inconfesable de tranquilidad, de paz incluso. Un inesperado paréntesis, una pausa que hasta entonces parecía impensable. Un parar, un parar radical sin miedo a quedarte atrás porque todos parábamos a la vez. Una sensación insólita de control, de recuperar el control perdido incluso en medio del descontrol general. Una dilatación floja del tiempo, de las horas del día que volvían a ser suficientes, que incluso sobraban. Un atenuarse de ciertos malestares, a veces hasta casi apagarse. Un volumen más bajo, mucho más bajo. Una lentitud. No correr, ni persiguiendo ni huyendo, salir del laberinto de las ratas de laboratorio. Un ánimo menos alterado, una quietud interior que parecía reflejo de las calles desiertas y el tráfico apagado. La atención recobrada, un reajuste de prioridades, necesidades y urgencias. Unas vacaciones que no eran tales, que en cierto sentido podían ser incluso mejores que las vacaciones.

Llegar al final del día sin tanto ruido en la cabeza, sin ese agotamiento que es enemigo del descanso. Llegar a la noche menos irritados, menos resentidos, menos agitados. Acostarte sin estridencia, acostarte sin el cerebro sobreexcitado, acostarte sin sensación de incapacidad, de derrota, de arrastre, de otro día que se escapa sin haber sido capaz de embridarlo. Acostarte sin recalcular las horas que te quedan para dormir, sin reprogramar el despertador para añadir diez minutos porque se ha hecho tardísimo. Acostarte y dormir. Acostarte y dormir las horas que no dormías antes, y que no has vuelto a dormir.

Dormir siete horas, dormir las ocho horas míticas. Dormir sin sueño superficial, sin despertares frecuentes, sin desvelos de madrugada, sin abrir los ojos demasiado pronto y ya no poder cerrarlos otra vez. Dormir con facilidad, sin pastillas, sin infusiones florales ni relajaciones, sin los seis, ocho, diez consejos tomados de internet. Dormir plácida, dulcemente. Un dormir feliz, por qué no decirlo. Levantarte al día siguiente descansado. Levantarte sin que te pese el despertar. Levantarte sin el habitual mordisco de malestar. Levantarte sin prisa. Levantarte sin necesidad. No levantarte. A veces lo recordamos y lo echamos de menos, aunque no lo reconoceremos, nos avergonzaría decirlo, nos sentiríamos frívolos, nos sentiríamos insensibles, nos sentiríamos culpables. Pero aquella primavera, durante un par de meses, muchos dormimos como nunca antes, y no hemos vuelto a dormir igual.

[04:20]

Tras la penosa escena conyugal y extraconyugal del hostal, pasamos un par de semanas sin vernos, sin escribirnos, y por supuesto sin dormir juntos; es decir, sin dormir apenas. No sé cómo fueron esos días para ti: en mi devaneo nocturno, agravado en esas semanas, te imaginaba rota, con tu matrimonio derrumbado de pronto por el descubrimiento de Óscar, al que intentarías explicar lo difícilmente explicable: que tú y yo no éramos amantes, que no manteníamos una relación amorosa, que no estábamos enamorados ni follábamos, que no nos besábamos, que ni siquiera nos tocábamos más allá del abrazo en que solíamos dormir, que aquello no era un adulterio; que entendías que él estuviera dolido, decepcionado, furioso, pero que entre nosotros solo había sueño compartido, tardes y noches durmiendo juntos, dos insomnes que encuentran un remedio y lo aplican, una sociedad de apoyo mutuo. Sí, un remedio inusual, nada convencional, difícil de entender, para el que no hay referentes ni palabra con que nombrarlo. ¿Qué éramos tú y yo, qué éramos para Óscar, para Inma, qué éramos si no amantes, amantes durmientes pero amantes, amantes inverosímilmente durmientes pero amantes? Imaginaba, en mi desvelo más obsesivo que de costumbre, imaginaba a Óscar, lo imaginaba de noche, insomne ahora él también, unido a tu insomnio, unido a ti a la vez que lejano, en silencio los dos tumbados boca arriba con los ojos abiertos, él recordando y recreando una y otra vez el momento en que entró en la habitación y nos vio en la cama, recordando y recreando con el detalle obsesivo y ampliado de quien no puede dormir; Óscar queriendo saber, preguntándote una y otra vez en la misma noche, preguntándote desde cuándo nos acostábamos juntos, cuántas veces, dónde, si lo habíamos hecho también en vuestra casa, cuántos de tus viajes eran mentira, cuántos de tus trasnoches laborales pasabas en realidad conmigo en aquel hostal de mierda, en aquel hostal de adúlteros y putas, en aquella cama sórdida donde él nos había sorprendido en lo que, por mucho que le jurases, era claramente el sueño posterior al coito, dos amantes enlazados en el dulce dormir tras haberse besado y lamido y acariciado y penetrado, porque él había estado esperando en el pasillo, había escuchado durante una hora risas y gemidos que, aunque tú le aseguraste que no eran nuestros, bien podían proceder de nuestra habitación, risas y gemidos que ahora él recordaba en su insomnio, amplificados en volumen, y se decía que sí, que claro que eras tú, reconocía tu risa y tu chillido de placer, no le ibas a convencer de lo contrario, nadie queda en un lugar tan repugnante si no es para follar, ninguna mujer se mete en la cama repetidamente con un hombre si no es para follar con él, nadie se cita en un hotelucho para dormir, solo para dormir, no existen los amantes del dormir, no hay amantes durmientes, no ibas a convencerle de lo contrario, y por eso tal vez renunciaste a convencerle, o pensarías que era más soportable, menos doloroso, y más favorable para intentar salvar vuestro matrimonio, contarle que follábamos, mentirle, engaño sobre engaño, mejor contarle que follábamos antes que contarle que dormíamos; que para un marido herido sería más aceptable, o menos humillante, saber que su mujer folla con otro hombre antes que aceptar que duerme con otro hombre; que dormir es más íntimo que follar, que uno sufre imaginando en la larga noche insomne cómo su mujer besa, le lame la polla o culea penetrada por un desconocido, pero sufriría aún más imaginando cómo su mujer duerme plácida, dulcemente, abrazada a un desconocido. Quizás creíste más fácil mentir, aunque fuese una mentira también dolorosa: decirle que solo nos habíamos visto unas pocas veces, y que sí, claro que follábamos, pero solo eso: sexo, deseo físico, cuerpo, animalidad, un dejarse ir, un error, un accidente, insatisfacción de esposa de mediana edad, un cliché de mala comedia matrimonial, no una relación sostenida durante meses con frecuencia semanal. Lo pensaba y, en mi insomnio agravado de aquellas noches, lo pensaba porque yo mismo veía cómo Inma había encajado mal mi revelación: desde que le conté que tú y yo dormíamos juntos, se había distanciado aún más de mí, nos cruzábamos con frialdad por el piso, cenábamos juntos por los niños pero ella hablaba solo con ellos e ignoraba mis aportaciones a la conversación sobreactuando su malestar, salía más que antes y algunas noches volvía de madrugada o no regresaba hasta el amanecer. En el historial de su ordenador, que ya ni se molestaba en borrar o lo dejaba intacto con toda intención, yo comprobaba sus últimas búsquedas: webs con consejos para divorciarse, opciones de custodia de hijos, cómo calcular la pensión alimenticia, abogados de familia, portales inmobiliarios. Una forma de hacerme saber que teníamos una conversación pendiente, y que en cualquier momento, cualquier noche, la afrontaríamos por mucho que yo la evitase. Ni siquiera me atreví a decirle que sabía lo de su relación con otro hombre, me sentía mezquino por haberme reservado esa carta, tampoco esperaba que a esas alturas sirviese para compensar mi revelación, y además el mal dormir me restaba lucidez y me debilitaba en esos días, no me sentía con fuerzas para pelear por seguir juntos, no me sentía con fuerzas para pelear siquiera por un divorcio razonable, de modo que añadía un nuevo motivo para mi insomnio: el miedo al divorcio. El miedo a un mal divorcio, el miedo al divorcio ruinoso que puede esperar un autónomo, un autónomo trabajador de la cultura además; el miedo al divorcio de quien echa cuentas por las noches, una y otra vez; el miedo al divorcio de quien vuelve a revisar las cuentas porque recuerda de pronto que debe incluir el coste del propio divorcio, el coste mínimo de un convenio en caso de acuerdo, el coste máximo de un proceso judicial en caso de desacuerdo, las minutas de abogado y procurador; el miedo al divorcio de quien consulta Idealista y hace una búsqueda ajustada a su presupuesto, cero resultados, y va modificando la búsqueda; el miedo al divorcio de quien ve las deprimentes fotos de los pisos en alquiler que cree poder pagar, pisos pequeños, añosos, ventanas viejas que dejan pasar el frío, puertas marrones con pomos latonados que siempre están flojos, baños que le asquean, habitaciones en las que no querrán quedarse sus hijos; el miedo al divorcio de quien cree que puede salvar un año, dos años con cierta seguridad, pero ve los años siguientes como una sucesión de escalones cada vez más altos, piensa en los hijos que siguen creciendo, los hijos que tienen gastos escolares y ortodoncias y gafas y viajes de vacaciones y regalos navideños, los hijos que un día irán a la universidad y tal vez hagan un máster, los hijos que tardarán en emanciparse; el miedo al divorcio de quien conoce a divorciados de repente empobrecidos; el miedo al divorcio de quien ha leído historias de separados que comparten piso a los cincuenta, regresan por un tiempo a la casa de sus padres, viven en un camping, el camping de los divorciados; y hasta el miedo al divorcio de quien teme a la soledad, los hombres se quedan más solos que las mujeres al divorciarse, pocos amigos a esas alturas de la vida; en mi mal dormir, en mi no dormir, en mi larga noche, *longa noite de pedra*, visualizaba mi divorcio venidero, sentía la cercanía solidaria de insomnes que a esa misma hora pensaban en sus divorcios, acostados junto a sus todavía parejas, tú misma acostada junto a Óscar, o quizás ya tú también en el sofá cama, sin poder dormir por tu propio miedo al divorcio; incluso Inma, que algunas noches se levantaba, yo estaba en el sofá cama del estudio y la oía salir al pasillo, ir al baño, encender la cocina, quedarse un rato en el salón, volver a la cama, su propio insomnio, tal vez su propio miedo al divorcio, y yo ni siquiera era capaz de levantarme y acompañarla, levantarme e intentar hablar con ella, levantarme y atender lo que tal vez, en su deambular ruidoso por la casa, era una llamada, una invitación a levantarme yo también, una oportunidad de hablar que yo no respondía en mi torpeza o en mi desquiciamiento o en mi agotamiento porque en esos momentos solo pensaba en ti, en cómo volver a dormir contigo. Así pasé dos semanas en las que ni la farmacia ayudaba, me tomaba una de tus pastillas y conseguía dormirme pero me despertaba pocas horas después y ya quedaba el resto de la noche con los ojos abiertos y recordando y fantaseando y rumiando. Hasta que llegó tu mensaje.

DIARIO DEL SUEÑO, 16 DE MARZO

Mala noche. Tres horas como mucho. Dormidina, lorazepam, nada de alcohol.

Duermo como un bebé. Nada me quita el sueño. Duermo con la conciencia tranquila. Así decimos, en el lenguaje coloquial, para remarcar nuestra despreocupación por algún asunto, nuestra falta de culpa, vergüenza o temor por las consecuencias de nuestros actos: no me quita el sueño. Duermo como un bendito. Como un angelito. Como un bebé. La buena conciencia es la mejor almohada para dormir, dice la frase de calendario atribuida a Sócrates. El justo no conoce insomnio. Duerme bien quien hace lo correcto, quien nada tiene que ocultar, quien no espera ser descubierto ni reprochado, quien no tiene motivos para ser desenmascarado, señalado, detenido o castigado. Quien no vive en la mentira. Quien no teme hablar en sueños. Quien no oye un corazón delator tras la pared. Quien no aguarda una venganza, ni propia ni contra él. Quien no ha traicionado. Quien no se corrompió. Quien no cometió una infamia muchos años atrás, no suficientes para que prescriba o sea olvidada por su víctima. Quien no lleva una doble vida. Quien no delató. Quien no colaboró con el enemigo y tampoco desertó. Quien no se ve obligado a estafar a clientes, marear a proveedores, maltratar a subordinados o malquistar a compañeros entre sí. Quien tampoco hace nada de eso sin estar obligado. Quien no cobra comisión por conseguir contratos a toda costa. Quien no tiene una oferta que no podrás resistir. Quien no despide. Quien no vende productos financieros. Quien no vende alarmas de hogar. Quien no trabaja en el departamento de retención de clientes. Quien no deniega prestaciones sociales. Quien no retira custodias de hijos. Quien no defiende a clientes que sabe culpables. Quien no acusa. Quien no juzga. Quien no pasa la porra por los barrotes haciendo clon, clon, clon. Quien no dispara. Quien no comete una negligencia. Quien no provocó un accidente. Quien no participó en un linchamiento. Quien no lo grabó. Quien no miró para otro lado. Quien no cerró la ventana para no escuchar los gritos. Quien no humilla. Quien no maltrató animales durante el rodaje de esta película. Quien no degüella cada día decenas de cochinos apenas aturdidos, cuyos chillidos resuenan en la noche. Quien no busca porno infantil de madrugada. Quien no envía un burofax apremiando. Quien no se siente responsable, ni cómplice o beneficiario de lo que otros hagan en su nombre. Quien no se dice concernido por culpas colectivas, sistémicas, históricas. Quien no paga por sexo. Quien mira la etiqueta para asegurarse de que una camiseta no está cosida en Bangladés. Quien separa el cartón y los envases, contenedor azul, contenedor amarillo. Quien no tira aceite usado por el fregadero. Quien no esquiva a los muchachos de la carpeta en la calle. Quien no se olvida de donar, firmar, difundir, hacerse socio. Quien no compra en Amazon. Todos con la conciencia tranquila. A ninguno le quita nada el sueño. Todos durmiendo como benditos. Como angelitos. Como bebés. Como cabrones. Somos los demás los que no dormimos. La pregunta no es: por qué no dormimos nosotros. La pregunta es: por qué dormís vosotros. Lo raro es dormir.

[04:31]

Hasta que llegó tu mensaje, tras dos semanas de espera. Tan escueta como siempre: quiero que nos veamos una última vez. Añadías una fecha, dos días después, y me pedías que propusiera yo el sitio, pero que no fuera en nuestro ya desgraciado hostal. Te pregunté cómo estabas, pero atajaste mi intento de conversación: si quedábamos era solo para dormir por última vez, nada de hablar. Te propuse el mismo hotel periférico donde había visto entrar a Inma una mañana. Lo hice sin mucho pensar, en mi aturdimiento del poco dormir, y por contestarte de inmediato y evitar que te echases atrás; recordé ese hotel y lo propuse, no creas que buscaba una nueva escena de mala comedia matrimonial, esta vez con Inma, cruzarnos en un pasillo, tener habitaciones contiguas, que también Óscar te hubiera seguido y encontrarnos de pronto los cuatro, vodevilescos, matrimoniadas; nada de eso: de hecho, tuve precaución camino del hotel, iba por la calle mirando en todas direcciones por si aparecía Inma, estuve inquieto en la recepción y al abrirse las puertas del ascensor, hasta llegar a la habitación. Te esperé más de veinte minutos, te retrasaste, y yo dudaba si vendrías, sentado en una silla o paseando enjaulado, no me atrevía a quitarme ropa y esperarte en la cama con la habitación a oscuras, me parecía improbable que fuésemos a dormir sin más después de lo sucedido, y entonces llamaste a la puerta. Esta vez sin tamborileo, sin contraseña. Abrí y, casi sin darme tiempo a verte los ojos, adelantaste una mano para quitar la tarjeta del casillero eléctrico: no hables, por favor, fue todo lo que dijiste, en voz baja, como si Óscar pudiese escucharnos: no hables, por favor. En la penumbra oí cómo te descalzabas y te desabrochabas con prisa la ropa, apartaste la sábana, crujió leve el colchón al tumbarte. Yo quería hablarte, necesitaba hablarte, traía mi conversación anticipada y ensayada durante las dos últimas noches, pero nada más empezar una frase, me insististe: no hables, por favor, y añadiste: llevo dos semanas sin pegar ojo, ven y duerme conmigo. En tu petición, en tu petición desesperada por dos semanas insomne, creí ver una posibilidad de futuro, una esperanza de que aquel no fuese el último encuentro, que tú necesitaras seguir durmiendo conmigo de vez en cuando por pura necesidad fisiológica, que te arriesgases a mantener nuestra extraña relación extremando las precauciones, que incluso hubieses convencido a Óscar y él consintiese una cita semanal para dormir, solo para dormir, o que vuestro matrimonio estuviese tan acabado como el mío, y no arriesgases ya nada; pero otra vez atajaste, no mis palabras sino mis pensamientos, como si me los estuvieses escuchando, y quién sabe si en realidad no estaría yo hablando, pensando en voz alta, en el estado de aturdimiento que me encontraba tras tantas noches de poco descanso; atajaste mis pensamientos o mis palabras: esta será la última vez que durmamos juntos, no volveremos a vernos ni a escribirnos, susurraste, con la voz ya floja y errante, quizás tú también hablando sin querer, creyendo que en verdad estabas pensando, aturdida y adormilada tú como yo, apoyada tu cabeza en mi hombro, la mano en mi pecho, el vientre unido a mi cadera; nos habríamos dejado resbalar hacia el sueño como tantas veces, tan fácil como siempre, tan irresistible como siempre, y en efecto cerramos los ojos y respiramos el aire compartido y parecíamos a punto de perder la conciencia como tantas buenas noches, pero no, esta vez no: yo llevaba dos semanas de sueño escaso y ligero pero ahora no podía dormir, me moría de sueño pero no podía dormir, estaba contigo pero no podía dormir, te abrazaba y olía tu pelo pero no, no podía dormir. El insomnio me derrotaba, también a tu lado. Me quedé despierto. Tiré más de ti, te apreté contra mi cuerpo y tú respondiste enroscándote y extendiendo el brazo hasta abarcar mi tronco y colocar la cabeza sobre mi pecho donde escucharías mi corazón. Sentí que tú también estabas despierta, que los dos fingíamos dormir, tu respiración era suave y espaciada pero me parecía tan simulada como la mía; pensé que tú fingías dormir para no hablar y que yo no te hablase, pensé que fingíamos para no reconocer el fracaso, que por primera vez ya no funcionaba, ya no dormíamos, quizás ya no volveríamos nunca a ser capaces de dormir juntos aunque insistiéramos, roto el hechizo, derrumbada la cúpula de silencio y oscuridad y calma que nos había protegido hasta entonces, y tal vez por eso no has vuelto a llamarme, no hemos vuelto a dormir juntos y no lo haremos más: porque ya no funciona. Porque no volverá a funcionar. Así pasamos unas horas, despiertos y a oscuras, nuestras horas más tristes, nuestras horas finales, insomnes y fingidores, hasta que aflojaste tu abrazo, te apartaste un poco, despertaste o fingiste que despertabas; te separaste de mi cuerpo, te incorporaste en la cama, te intuí en la penumbra, te levantaste y yo fingí que dormía o quizás me estaba quedando por fin dormido, estaba tan agotado que lo recuerdo como tantos otros momentos a tu lado, con medio cuerpo y medio cerebro a cada lado de la línea del sueño, el terminador que separa las dos mitades del planeta, ni dormido ni despierto, dormido y despierto al mismo tiempo. Te levantaste, te oí trastear con la ropa, recuperar los zapatos, suspirar, suspirar con fuerza, suspirar teatral y decimonónicamente como diciendo adiós o gracias o qué mierda. Te dejé ir, preferí no decir nada ni retenerte, lo preferí o es que no fui capaz de decir nada, decir qué, no fui capaz de sujetarte, ni dormido ni despierto, dormido y despierto. Algo de claridad del pasillo te dio forma cuando abriste la puerta, tan rápido tu movimiento de abrir y cerrar que hasta dudé de si habías salido, si no habrías cerrado la puerta quedándote dentro, quieta y silenciosa en la oscuridad, y que regresarías a mi lado. Pero te habías ido. Y no pude moverme: el techo, las plantas superiores, el hotel entero cayó en sándwich sobre mí, quedé enterrado bajo toneladas de hormigón, aplanado como un personaje de dibujos animados, bidimensional, incapaz de mover ni un dedo hasta que llegasen los equipos de rescate, en la misma postura en la que me habías dejado, sin poder levantarme y tampoco querer levantarme, sin querer salir de aquella habitación, aquel hotel, porque si salía, si me levantaba, si apartaba las toneladas de hormigón como una sábana ligera, si me levantaba y me vestía y dejaba aquel lugar y regresaba al mundo, no te vería nunca más, no volvería a dormir contigo, y no sabría nunca tu nombre.

DIARIO DEL SUEÑO, 17 DE MARZO

Buena noche. Me acuesto tarde, pero consigo dormir cinco horas seguidas. Un lorazepam.

Antes de apagar la luz, paso un rato navegando, haciendo búsquedas sobre gente que conozco. Lo hago algunas noches, cuando me desvelo: investigo a quienes se cruzaron en algún momento en mi vida. Compañeros de la universidad, el instituto y hasta el colegio, cuyos apellidos aún recuerdo. Quienes trabajaron conmigo en mis breves periodos de asalariado, jefes incluidos, sobre todo jefes. Colegas de profesión, lectores y correctores con los que alguna vez compartí un curso, unas jornadas, un intento fallido de organizarnos sindicalmente. Antiguas novias, y los amigos comunes que quedaron atrás al separarme de ellas. Editores para los que he trabajado. Padres del colegio de mis hijos, cuyos contactos conservo en el teléfono pese a que perdimos relación hace años. Gente que es cercana un tiempo y luego desaparece. Todo aquel de quien recuerdo nombre y apellidos. Algunos son fijos en mis búsquedas, los consulto cada poco tiempo; otros, cuando de pronto me acuerdo. Hay noches que sistematizo la búsqueda, hago listas de los elegidos: todos los que estudiaron conmigo bachillerato y que todavía recuerdo. Compañeros de piso que tuve en distintas épocas. Asistentes a mi boda. Escribo uno a uno sus nombres en Google y en redes sociales, afino añadiendo ciudad o profesión en caso de apellidos muy comunes, casi siempre acabo encontrándolos.

Echo un rato averiguando cómo les va. Les va bien, les va mal. Sus éxitos me desvelan un poco más, sus fracasos me confortan para dormir. Así de mezquino me vuelve el insomnio. Un rencor vivo.

Sus éxitos: aquellos que lo consiguieron, llegaron, no cayeron. Sus libros publicados, sus premios recibidos, sus entrevistas, sus reseñas favorables. Sus cátedras universitarias tan tempranas, sus editoriales independientes, dependientes de tener un piso heredado de la familia. Sus agencias de servicios editoriales que se llevan los mejores trabajos. Sus despachos de abogados nombrados con la unión de varios apellidos imponentes, sus estudios de arquitectura que ganan concursos públicos, sus reconocimientos del sector. Sus puestos en colegios oficiales, sus direcciones y subdirecciones. Sus ingresos: sus tres, cinco, diez salarios mínimos mensuales. Si son funcionarios, puedo averiguar la escala salarial de su cuerpo. Si trabajan en el sector privado, puedo estimar su sueldo a partir de sus puestos actuales y pasados, su LinkedIn, el tamaño de sus compañías, sus jefaturas de zona locales, provinciales, estatales, europeas, globales. Si son empresarios, compruebo cuántos establecimientos han abierto, en qué calle sus oficinas. Veo sus casas, de fondo en algún retrato, sus selfies de vacaciones, sus abrigos, trajes y relojes que asoman bajo la manga, el tono de sus pieles, sus cuerpos de gimnasio y buenos alimentos, sus dentaduras demasiado blancas y alineadas, sus hijos estudiando en el extranjero, sus divorcios que no les arruinaron. Me voy amargando al verlos, pero también hay algo placentero en el desprecio, en no ser ellos, una forma de masoquismo que engancha tanto como el ajedrez online.

Y sus fracasos, que son mayoría: quienes no lo consiguieron, no llegaron, cayeron, ni siquiera lo intentaron. Los fracasados que me consuelan por comparación pero también funcionan como advertencia. Los simples con sus vidas simples y sus trabajos simples. Los que siguen estancados en la misma ciudad pequeña, con sus vidas pequeñas. Los que autopublican libros, los finalistas de premios de pueblo, los que adornan sus biografías para camuflar su pequeñez. Los que en sus redes sociales difunden insistentemente sus novedades, reseñas, entrevistas y presentaciones a sus doscientos seguidores. Los que dan talleres a precios aún más bajos que yo. Los que ya no tienen edad para ser profesores asociados. Los que anuncian agencias de servicios editoriales que en realidad son ellos solos. Los que venden a comisión productos de limpieza industrial, toldos, marcas de frutos secos. Los pequeños tenderos, los franquiciados en el alambre, los autónomos que a los cincuenta siguen cotizando el mínimo. Los que en una búsqueda anterior tenían una empresa y ya no. Los que publican cartas de agradecimiento al anunciar el cierre. Los que usan su perfil en redes sociales para encontrar trabajo. Los que en las mismas redes preguntan por habitaciones en piso compartido a buen precio. Los que se divorciaron y sí se empobrecieron. Los que ni siquiera dejan huella, cero resultados en su búsqueda, los inencontrables, los nadie. Todos relampaguean a modo de fantasma de las Navidades futuras, todos se aparecen en mitad de la noche, me señalan y se ríen con sus dentaduras descuidadas: tú puedes ser el próximo.

Así me voy quedando dormido algunas noches, mezquino en mi insomnio.

[04:42]

Dormir nos hacía más productivos, lo recuerdo ahora que mi capacidad de trabajo está muy mermada porque duermo poco, porque duermo mal, porque no duermo, porque no estás ya y te echo de menos y echo de menos dormir contigo. Dormir nos hacía más productivos: no era lo que buscábamos, no era lo que empujaba nuestro deseo de dormir juntos, pero dormir nos hacía más productivos, era una consecuencia indirecta de la que nos beneficiábamos. De la que se beneficiaba también tu empresa, así lo dijiste en alguna duermevela, a punto de quedarte dormida o mientras te despertabas: mi jefa debe de estar contenta, dijiste, la cabrona de mi jefa debe de estar muy contenta, sobre todo las semanas en que tenemos más ocasiones para dormir juntos, pues mi rendimiento aumenta, cumplo plazos, me felicita, me paga más incluso, en mi sueldo hay una parte variable que depende de mi productividad, y los días que duermo contigo, aunque sean unas pocas horas, alcanzo objetivos con más facilidad, resuelvo tareas que otros días se me resisten cuando me caigo de sueño, mejoran mis cifras, la cabrona de mi jefa se acerca a mi mesa y me lo dice: muy bien esta semana, y me entran ganas de contárselo, desvelarle el secreto de mi éxito: igual que otros recurren a sustancias, a técnicas de gestión del tiempo, al *coaching* de mierda, hacen deporte para sentirse mejor y rendir más, o encuentran su motivación en la fe, la ética del trabajo, el orgullo familiar, la promoción laboral, el ahorro para la entrada del piso, el viaje soñado, pues nosotros dormimos; me entran ganas de contárselo a la cabrona de mi jefa cuando me felicita: trabajo mejor porque anoche dormí más de ocho horas sin interrupción, trabajo mejor porque esta mañana me eché una buena cabezada en el coche a media mañana, cuando me excusé con que tenía que salir a resolver un papeleo del banco en realidad me fui a un parking y dormí más de una hora en compañía. Bromeabas, con voz cada vez más baja y perdiendo el hilo según te quedabas dormida, bromeabas con que si tu jefa supiera, si tu empresa supiera, favorecerían nuestras citas, te darían flexibilidad horaria, hasta te pagarían un hotel, te permitirían viajar acompañada, te acondicionarían en la oficina una habitación del sueño donde encontrarnos y dormir juntos para no vagar por hostales, parkings y polígonos, me pagarían a mí un sueldo solo por estar disponible para ti, para dormir contigo todas las noches en aquellas semanas con más carga de trabajo, lo incorporarían a la política de recursos humanos, lo incluirían en el convenio colectivo, lo elevarían al convenio sectorial, a la próxima reunión de gobierno, patronal y sindicatos, un nuevo derecho laboral, el derecho a unas horas de sueño en compañía, el derecho a los miércoles por la noche, las empresas ahorrarían en bajas laborales, crecería la economía y se crearía empleo, no sé ya hasta dónde estiraste la broma o si fui yo el que seguí el cuento o lo estoy alargando ahora, pero era cierto, también yo mejoraba mi rendimiento tras dormir contigo: estaba más despierto durante el día, no daba tantas cabezadas, aliviaba mi narcolepsia lectora, trabajaba más horas, me concentraba mejor, recuperaba velocidad de lectura, cometía menos errores, entregaba en plazo, terminaba un trabajo en menos tiempo y por tanto ganaba más por hora y podía aceptar nuevos encargos. Dormir nos hacía más productivos, seguramente podríamos hasta calcular el beneficio del sueño: observar nuestras cuentas bancarias, nuestros ingresos de esos meses, tus comisiones ganadas y mis encargos cumplidos, dibujar gráficas ascendentes. Dormir nos hacía más productivos, sí. No era lo que buscábamos, no era lo que nos motivaba, incluso nos fastidiaba un poco, aunque bromeásemos con ello nos fastidiaba, aunque no lo hablásemos estoy seguro de que a ti como a mí también te fastidiaba esa relación entre sueño y productividad, como le fastidiaría al enamorado que la euforia de su pasión amorosa se tradujese en rendimiento laboral, en resultados, en beneficios; como le fastidiaría al deportista aficionado saber que sus endorfinas gotean en el balance de la empresa. Dormir nos hacía más productivos pese a que no lo buscábamos, más bien lo contrario: alguna noche, alguna mañana, alguna duermevela eufórica nos dijimos que dormir, nuestro dormir, era lo contrario a la hiperproductividad y a la agitación que nos robaban el sueño: dormir, nuestro dormir compartido y feliz, era un tiempo liberado, era un afuera, era el botón de apagado, un elogio de la pereza, una dimisión, un adiós a las armas, una trinchera blanda y cálida. Y sin embargo dormir nos hacía más productivos, como esas empresas bondadosas que cuidan el bienestar emocional de sus empleados, que incluso cuidan su buen dormir y les permiten siestas y les recomiendan siestas y les obligan a dormir siestas en la jornada laboral y acondicionan una sala de descanso con penumbra y música leve y porque sus ingenieros les aseguran que la *power-nap*, medida y controlada, a la hora adecuada y con la duración óptima, logra una ganancia de dos décimas porcentuales. Dormir nos hacía más productivos de la misma forma que en otros momentos de nuestra vida el no dormir nos pudo temporalmente volver más productivos: yo durante un breve tiempo, cuando empecé a tener problemas para dormir pero todavía era capaz de aprovechar esas malas noches para leer, corregir, redactar informes; en tu caso cuando debutaste en el insomnio pero aún no habías acumulado suficiente cansancio y, resignada a no dormir, te levantabas de la cama, cogías el portátil y adelantabas trabajo, lo que te funcionó unos pocos meses en los que también tu jefa te felicitó, sorprendida por tu mejor rendimiento, ignorante de que a tus ocho, nueve o diez horas diarias de trabajo, y las no contabilizadas que algunos días añadías en casa al final del día, sumabas dos, tres y hasta cuatro horas de trabajo nocturno, me contaste alguna noche o algún amanecer, a punto de quedarte dormida, sin despertar del todo, en voz baja, dejando sin terminar una frase, dejando yo de oírte por quedarme dormido antes que tú.

DIARIO DEL SUEÑO, 18 DE MARZO

Me duermo pronto con una Dormidina, pero me despierto a las cuatro y ya no duermo más, totalmente desvelado. Leo en la cama, unas páginas de *El diablo cojuelo*:

De noche, cuando no puedo dormir, salgo volando por la ventana, asido de la mano por el Cojuelo, como disparados por un tiro de artillería, no parando de volar hasta hacer pie en el capitel de la Giralda, mayor atalaya de mi ciudad, a la hora que toca recoger el mundo poco a poco al descanso del sueño; treguas que dan los cuidados a la vida, siendo común el silencio a las fieras y a los hombres; medida que a todos hace iguales; habiendo una prisa notable a quitarse zapatos y medias, calzones y jubones, basquiñas, verdugados, guardainfantes, polleras, enaguas y guardapiés, para acostarse hombres y mujeres.

Y levantando a los techos de los edificios, por arte diabólica, lo hojaldrado, se descubre la carne del pastelón de Sevilla como entonces está, y quedo absorto en esa pepitoria humana de tanta diversidad de manos, pies y cabezas, y haciendo grandes admiraciones, digo:

¿Es posible que tantos duerman? ¿Por qué dormís?

Me lo pregunto a diario, se lo pregunto a todo el que se cruza en mi jornada. Observo al paseante, el camarero, el cajero, la conductora, el anciano y su cuidadora, el que barre la calle y la deportista que la cruza corriendo, el que fuma sin camisa en el balcón, el repartidor agobiado, el policía que lleva en la culata de la pistola una pegatina rojigualda, la pareja malhumorada y la pareja recién enamorada, el ocioso y el atareado, el frutero chistoso, los trabajadores que fuman a la puerta de la empresa. Los observo a todos, figuritas de un diorama, pastorcitos del belén, los observo al cruzarme con ellos y a cada uno se lo pregunto en silencio: ¿por qué duermes? ¿Por qué dormís?

En mi prejuicio, doy por hecho que todos duermen bien. Mi prejuicio es clasista e intelectualista: gente sencilla con vidas sencillas y trabajos sencillos, qué les va a quitar el sueño. He escrito *sencillo*, pero el prejuicio siempre es más cruel: gente simple con vidas simples y trabajos simples, qué les va a quitar el sueño. Gente simple que se adormece en el sofá con un programa televisivo o un *scroll* en redes, gente que se mete en la cama, da las buenas noches, se gira hacia la mesilla y se queda dormida sin esfuerzo, nada le quita el sueño. Vidas simples que, salvo alteraciones puntuales, no necesitan ser recordadas, fantaseadas ni anticipadas en la noche. Trabajos simples que permiten desconectar mentalmente después de fichar. Trabajos simples y además manuales que añaden el cansancio físico para facilitar el sueño.

En mi prejuicio los imagino a todos en la noche, a los desconocidos que me cruzo y también a conocidos, familiares y amigos: los imagino y juego a las muñecas con ellos, los desvisto y les pongo pijamas con graciosos estampados, camisones de otro tiempo, camisetas viejas con el dibujo casi borrado, o los dejo desnudos, sin ni siquiera unas gotas de cinematográfico perfume. Los meto en sus camitas de juguete, los arropo y con los dedos les cierro los ojos de plástico. Les adjudico posturas, boca arriba, girados hacia un lado o el otro, la mano bajo la almohada, abrazados o distantes de sus parejas de cama, respirando con suavidad, roncando alguno, mascullando en sueños, moviendo las pupilas bajo los párpados, sobresaltándose como si cayeran al vacío, cambiando de postura.

Así los imagino cuando me los cruzo en el día, así los observo desde lo alto cada noche, ahí abajo, en sus diminutos dormitorios, en sus casitas de muñecas con el tejado levantado, vista cenital de sus cuerpecitos acostados, miles de durmientes que no se enteran, que no se dan por aludidos, que no contestan a mi pregunta: ¿por qué dormís? ¿Por qué no os desvela el calor, el frío, el ruido, el silencio, el exceso de energía, el demasiado cansancio, el cuerpo al lado, el cuerpo ausente, los hijos creciendo, los padres envejeciendo, los sucesos de hoy, lo esperado mañana, la culpa, el deseo, el miedo, el amor, el trabajo, el dinero? ¿Por qué seguís durmiendo? Lo raro es dormir.

[04:51]

No puedo dormir, le dije por fin al médico de familia. Acabé aceptando que necesitaba ayuda, que no podría seguir muchos más días durmiendo un par de horas de sueño ligero e interrumpido, que ningún remedio tomado de internet me servía, que automedicarme solo me permitía quedarme dormido al comienzo de la noche para despertarme poco después y ya no dormir más y aumentando además la somnolencia diurna; acabé aceptando que no volvería a dormir contigo, que aquel había sido nuestro último encuentro y no te vería más, así que necesitaba ayuda porque la falta de descanso me estaba incapacitando: tenía olvidos y despistes continuos, se me caían y rompían vasos y platos, no podía leer sin dar cabezadas, escribía lento y espeso, me dolía la cabeza, me mostraba apático o irascible, lo que tampoco ayudaba a salvar lo que todavía pudiera salvar de mi matrimonio, o al menos conseguir un divorcio en buenas condiciones. Necesitaba ayuda. Una semana después de nuestro último encuentro pedí cita al médico de familia y me senté una mañana ante un doctor joven que me preguntó qué me sucedía, como si no fuesen evidentes mi rostro abotargado y mi arrastrar de pies. No puedo dormir, le dije. Bienvenido al club, bromeó, y enseguida recuperó la formalidad: desde cuándo no puede dormir, me preguntó. Llevo más de un año durmiendo mal, le dije; tal vez dos años, pero en las últimas semanas apenas he pegado ojo, no puedo más. Con prisa propia de quien solo tiene unos minutos por paciente y no quiere acumular más retraso, me hizo algunas preguntas sobre mi estado general de salud, antecedentes, enfermedades, medicamentos. Quiso saber si había habido algún cambio en mi vida en estas últimas semanas que me hiciese dormir peor, y dudé antes de responder, estaba tan cansado que a punto estuve de sincerarme y decirle que sí, claro que había habido un cambio importante: ya no me acostaba contigo. En vez de eso, relaté sobrecarga laboral, estrés, problemas familiares. Unos días antes te había escrito, pese a tu petición de no tener más comunicación, y descubrí que no te llegaban mis mensajes, incluso probé a llamarte, alterado, y ni siquiera dio tono, habías cambiado de número o me habías bloqueado para asegurarte de cortar toda relación, quizás te lo exigió Óscar, o lo hiciste para demostrarle que todo había acabado y poder reconstruir vuestra pareja. Me entró un pánico más fruto del agotamiento que de la desesperación: pensé que no tenía forma de contactar contigo, ni tu nombre sabía, ni dónde vivías o trabajabas. Como si no hubieras existido, como si todos esos meses, nuestros encuentros, nuestras dormidas, fuesen solo una ensoñación, una más de mis fantasías nocturnas. Así que volví al único lugar donde sí había constancia de tu existencia: volví a nuestro hostal. Intenté sonsacar al recepcionista: me disculpé por el escándalo de la última vez, me disculpé soportando su sonrisita cabrona, le dije que no eras mi mujer; menuda sorpresa, sonrió, la parejita de los miércoles no estaba casada; y le pedí que por favor me dijera tu nombre, que estaría anotado en su registro de entradas. No puedo facilitarle esa información, dijo el imbécil con tono oficial, y aun así le rogué: era urgente, necesitaba hablar contigo por un asunto importante. Un asunto importante, repitió sonriente, y yo supliqué, me faltó llorar, estaba tan aturdido por el poco dormir, tan roto por no saber de ti, que me arrastré delante de aquel tipo, llegué a ofrecerle dinero por la información, como en una mala película de detectives, y por supuesto se rio en mi cara: me explicó, aguantándose la risa, que la ley le imponía la confidencialidad y la custodia de la intimidad de sus clientes, usó palabras altisonantes para hacer más mofa de mí, o tal vez estaba subiendo el precio, me dijo incluso que en ocasiones se veía obligado a proteger a las chicas cuando algún cliente quería contactar con ellas fuera de las vías habituales, y que no era la primera vez que en su hostal presenciaba escenas como la que nosotros protagonizamos, podíamos dar gracias de que no hubiera llamado a la policía por el escándalo. Derrotado, acabé pidiéndole una habitación, no sé si porque no me veía con fuerzas de volver a casa, si por intentar dormir algo en el lugar que otras veces me había facilitado el sueño, o si en mi desesperación fantaseaba con salir en mitad de la noche, colarme sigiloso en la recepción y forzar el cajón donde guardaba las fichas de huéspedes. El tipo tuvo el detalle, o el humor, de ofrecerme la misma habitación de nuestros miércoles, la número veinte, y la acepté como un último tributo, tal era mi desquiciamiento. Sobra decir que no dormí, que la habitación no conservaba nada de ti que me pudiera facilitar el sueño: olía a desinfectante, se escuchaba el follar de una pareja en el cuarto contiguo, y allí sin ti, sin que se me achicaran los ojos por la somnolencia rápida que me inducías, vi la habitación como no la veía en nuestros encuentros, vi la habitación como lo que era: un cuartucho sórdido, con el empapelado de las paredes moteado por sangre de mosquitos aplastados, los sanitarios descascarados, las huellas brillantes como larvas que llenaban todo, las huellas repugnantes de tantos adúlteros y parejas sin techo y clientes de prostitución que no habían dormido, no habían dormido como nosotros dormíamos allí cada miércoles, con nuestro juego de sábanas limpias, en la oscuridad que invisibilizaba la sordidez, en el arrullo de tus palabras, en la calidez de tu abrazo y el olor de tu cabello, apoyada en mi pecho. No dormí en toda la noche, me moría de sueño pero no podía dormir allí, no sin ti, recordándote, recordando nuestras noches juntos, *I remember you well in the Chelsea Hotel*, toda la noche despierto y recordando, reviviendo, recontando, proyectando en la oscuridad. Al día siguiente, rendido, pedí cita en el centro de salud, necesitaba ayuda para volver a dormir, para dormir en adelante sin ti. No puedo dormir, le dije días después al médico, que me despachó en unos minutos: me preguntó sin mucho detalle acerca de mi condición física y de salud, encomió el buen descanso, lamentó la poca importancia que le damos al dormir mientras estamos obsesionados por el deporte y la alimentación saludable, y me dio un folleto titulado «Algunos consejos para dormir mejor», medidas para la higiene del sueño, esa fue su expresión, higiene del sueño, como si mi sueño fuese sucio; me dio también una receta de lorazepam con el consejo de no usarlo todos los días; y me propuso llevar un *diario del sueño*, un cuaderno donde anotar cada mañana cómo había dormido la noche anterior, la hora de acostarme y levantarme, despertares nocturnos, horas totales, consumo de alcohol, café o medicamentos, debía registrarlo durante varias semanas y regresar entonces a su consulta, para así ver mi evolución y valorar si funcionaban los consejos o debíamos iniciar un tratamiento farmacológico o una terapia cognitivo-conductual, antes de derivarme a un especialista.

DIARIO DEL SUEÑO, 19 DE MARZO

Algunos consejos para dormir mejor:

- Utilice la segunda parte de la tarde-noche para descansar. Establezca un plazo límite para trabajar y realice otra actividad noventa minutos antes de irse a la cama. Durante este tiempo puede hacer algo diferente y no estresante, como leer, ver televisión o escuchar música.
- Evite el ejercicio físico tres horas antes de irse a la cama, de lo contrario podría sentirse muy despierto y le impediría conciliar el sueño.
- Trate de estar despierto/a durante todo el día y dormir por la noche. El cuerpo se acostumbra a los hábitos. Estableciendo rutinas es más probable que duerma bien.
- Cuide la dieta. Evite las cenas copiosas y pesadas.
- Evite sustancias estimulantes. Reduzca el consumo de cafeína. No fume ni beba alcohol antes de irse a la cama.
- Establezca un ambiente de sueño adecuado en términos de confort, ruido y luminosidad.

- Trabaje menos. Elimine las horas extra, empezando por las no remuneradas. Reduzca su jornada laboral. Trabaje solo cuatro días a la semana.
- Asegúrese unos ingresos suficientes que le permitan descansar en la segunda parte de la tarde-noche, no trabajar en los noventa minutos antes de irse a la cama y evitar sustancias estimulantes. Dos o tres salarios mínimos al mes.
- Consiga mejores condiciones laborales. Una subida salarial. Tarifas más altas en caso de ser autónomo. Afíliese a un sindicato de clase. Participe en una cooperativa de trabajadores.
- Exija que se garantice su derecho a una vivienda digna. No pague por su alquiler o hipoteca más de un tercio de sus ingresos. Luche colectivamente por un parque de vivienda social.
- Defienda políticas públicas en salud, educación, transporte, cultura, investigación.
- Logre una democracia económica, igualitaria y solidaria, con participación colectiva en las decisiones.
- Cree una banca pública.
- Subordine la riqueza del país al interés general, redistribúyala.
- Implante una renta básica universal.

[05:00]

Como no puedo dormir, salgo por las noches. Salgo y corro por las noches, desoyendo uno de los *consejos para dormir mejor*: evite el ejercicio físico tres horas antes de irse a la cama. Algunas noches me pongo ropa deportiva y unas zapatillas, y salgo después de que Inma se acueste. Corro pese al cansancio y la falta de sueño, o tal vez corro precisamente por el cansancio y la falta de sueño, a esas horas siento una inexplicable energía, agitación incluso, necesidad de moverme, de agotarme del todo. Corro un trote suave durante una hora, por la ciudad desierta y cerrada de las noches entre semana, cruzándome con unos pocos trabajadores nocturnos y algún novio feliz, la mayor parte de las ventanas apagadas, una moto que rrrasca el aire desquiciando el barrrrio, el camión de la basura, una patrulla policial que ralentiza la marcha para observar al deportista nocturno, y tras una hora regreso agotado a casa: el agotamiento deportivo se suma al del poco dormir, y a veces me sirve para meterme en la cama y quedarme dormido, no siempre, algunas noches estoy tan cansado que no puedo dormir, como tú dijiste la noche en que nos conocimos: estoy tan cansada que no puedo dormir. Tampoco lo hago por eso, no corro para cansarme, o no solo corro para cansarme y aflojar un rato el ruido mental: creo, pienso, sé, reconozco, que lo hago por encontrarte; así de penoso me vuelve el mal dormir: recorro la ciudad a la noche en un intento desesperado de encontrarte, tras haberte buscado de todas las formas posibles, pues no he hecho otra cosa desde nuestro último encuentro sino buscarte, qué otra cosa puedo hacer sino buscarte: los primeros días hacía memoria, las primeras noches hacía memoria, reconstruía los meses anteriores, intentaba recordar algo que me ayudase a localizarte, pues no sabía nada de ti: ni tu nombre que nunca quisiste decirme ni tampoco yo te pregunté, el anonimato que mantuvimos como una broma adolescente, nuestra clandestinidad de agentes secretos que respetábamos hasta cuando nos pedían el carné en algún alojamiento y evitábamos mirar el documento del otro; ni dónde vives, ni en qué trabajas, más que esporádicas e indefinidas alusiones a una jefa, la cabrona de tu jefa, operaciones de no sabía qué clase, sueldo con parte variable, viajes frecuentes, cierres, varios días al mes en que tenías cierre, recuerdo esa expresión, jornadas que se prolongaban hasta la madrugada porque era día de cierre, pero cierre de qué: pensé en una revista que entra periódicamente en imprenta, pensé en tareas financieras, una contabilidad por cerrar y cuadrar, pensé en alguna forma de comercio internacional con horarios de otros países, pensé en todo tipo de actividades sin poner nada en pie, me parecía que la poca y confusa información que me dabas y que yo había creído efecto de tu hablar adormilado, de tu boca floja mientras te dormías o sin llegar a despertar, era en realidad una maniobra de despiste, como si te hubieras empeñado en ocultármelo dándome pistas falsas, podías trabajar en todo tipo de sectores y empresas, así que intentaba recordar algo más, si alguna noche al dormirnos o alguna mañana al despertarnos habías dejado otra información que ahora me costase recordar. Sabía también que tu marido se llamaba Óscar, dato que tampoco conducía a nada, no podía recorrer la ciudad mirando todos los buzones para localizar Óscares, y ni siquiera estaba seguro de que fuera su verdadero nombre, visto tu empeño por ser anónima, por borrarte. Sabía que Óscar, si de verdad se llamaba Óscar, era conductor, pero de qué. Sabía que tenías un niño, lo recogías por las tardes del colegio, qué colegio, dónde. Poco más. Ignoraba la matrícula de tu coche, en el que alguna vez me recogiste, no recordaba ni el modelo, solo el color, lamentaba no haberme fijado entonces en esos detalles que un día podrían servirme para encontrarte, tan confiado en que nuestra relación no tendría fin. Recuperaba todos los lugares donde nos habíamos citado en la ciudad: además del hostal de los miércoles, un par de hoteles de una sola noche, el aparcamiento de un centro comercial, las calles desiertas de un polígono o de un barrio en construcción, un parque, un cine, esquinas donde te había recogido con mi coche; en mi obsesión de insomne los repasaba durante la noche, los visualizaba espacialmente como si los marcase en un mapa, estudiaba la relación entre ellos, buscaba algún patrón, comprobar si delimitaban una zona de la ciudad donde tal vez vivieras o trabajaras y así al menos acotar mi búsqueda, observaba el mapa imaginario, el dibujo resultante al unir los puntos, como esos tópicos detectives de película que miran una y otra vez la pizarra esperando ver algo que se les escapa y que les dará la clave para encontrar al culpable, así de ridículo yo en mi búsqueda. Incluso regresé a algunos de esos lugares, pasé por ellos en distintos momentos del día, eso tan tonto de volver al lugar del crimen, con la esperanza absurda de que también tú regresases llevada por alguna forma de nostalgia o porque me estuvieses buscando, o vivieses o trabajases cerca y nos encontrásemos por casualidad o no. Lo hice con poca convicción, no porque no confiase en la casualidad, pues casualidad había sido encontrarte la primera noche en aquella ciudad y aquel hotel, y casualidad había sido que tu marido nos descubriese y todo acabase, sino porque dudaba de si te reconocería al cruzarnos por la calle, si tú me reconocerías a mí, con el paso de los días y sobre todo de las noches te desdibujabas, desaparecías. Alguna madrugada, en mi desesperación insomne, buscaba en Maps aquellos lugares donde nos citamos, y recorría las calles virtualmente, en la pantalla de mi ordenador: avanzaba con un movimiento de ratón como quien se desliza incorpóreo, observaba a los transeúntes que tenían el rostro desenfocado pero yo intentaba reconocerte por la forma del cuerpo o alguna prenda de ropa, miraba incluso a los coches que en ese momento pasaban por el lugar fotografiado, como si pudieras ir a bordo de alguno, miraba hasta las ventanas cercanas, por si estabas asomada, tú sabes como yo lo que da de sí una noche sin dormir. Después de todos esos intentos fallidos me rendí, pero no del todo: ahora salgo por las noches, salgo y me digo que lo hago para hacer deporte, para cansarme, para dormir mejor, para apagar la cabeza, pero creo, pienso, sé, reconozco, que lo hago también, que lo hago sobre todo, como un último e improbable intento de encontrarte, que tú también salgas por no poder dormir, que tú también me estés buscando, y nos encontremos en la calle en mitad de la noche y ahí sí nos reconozcamos, aunque no recordemos ya nuestros rostros nos reconozcamos por ser los únicos insomnes que recorren la ciudad de noche, que se buscan de noche. Patético. No confío en encontrarte, reconozco que es muy improbable que tú también salgas de noche y que lo hagas por las mismas zonas de la ciudad que yo y a la misma hora y nos crucemos en esa precisa esquina, porque además si quisieras encontrarme podrías llamarme por teléfono, o buscarme en mi casa, donde ya estuviste una vez. No confío pero corro, sigo corriendo como empujado por una esperanza residual, y supongo que como una forma de mantener vivo tu recuerdo, de seguir creyendo que existes, que sí sucedió, que sí dormimos juntos durante meses, que no lo he inventado.

DIARIO DEL SUEÑO, 20 DE MARZO

Me duermo en pocos minutos, tras correr una hora y darme una ducha. Con ayuda de una Dormidina. Y un lorazepam. Consigo dormir cinco horas seguidas.

Hombre, español, divorciado, mayor de cuarenta y cinco años. Estudios primarios, en eso me salvo. Pero hay un diez por ciento con estudios superiores, ahí sí entro. Enfermedad mental, tampoco cumplo ese requisito, aunque la noticia no aclara si la enfermedad mental es causa o consecuencia. Alcoholismo, ídem: ¿causa o consecuencia?

Los veo cuando corro a la noche: en el mínimo abrigo que presta el acceso a un portal o local comercial. En el cubículo del cajero automático. Bajo los soportales, tras un muro al fondo de una plaza, sobre conductos de ventilación subterránea que emanan calor sucio. En poyetes de cemento, saledizos de escaparates y bancos de madera que todavía no tengan elementos aporófobos que impiden hasta sentarse. Echados en la hierba rala de un jardín descuidado. Sobre cartones, entre cartones, bajo cartones. En esterillas, con sacos de dormir y mantas. Sobre colchones recuperados de un contenedor. En pequeñas tiendas de campaña. Dentro de un coche, propio o abandonado, con el interior atestado de bolsas de rafia y sacos grandes como los de basura. En locales sin uso, tapiados con ladrillos, con un boquete abierto en el cierre. Sobre la acera desnuda. Solitarios la mayoría. Unas pocas parejas. Otros reunidos en espontánea comunidad, dándose calor y quitándose el miedo.

Duermen, todos duermen, no se sobresaltan a mi paso, mi pisada amortiguada por la zapatilla deportiva pero amplificada en la noche: tap, tap, tap, tap. Sedados por el alcohol, apaciguados por la enfermedad mental, indiferentes por la costumbre, agotados por la intemperie. Quizás con la conciencia tranquila. Como bebés. Duermen. Duermen, y en su meritorio dormir ridiculizan mi frívolo insomnio, lo ridiculizan con sus ojos cerrados, sus cuerpos ovillados y hasta sus ronquidos que parecen decir: mira cómo dormimos. Deberían despertarse todos a mi paso y señalarme, maldecirme, reprocharme, gritarme: mirad a ese imbécil. Tap, tap. Mirad a ese imbécil corriendo a estas horas. Tap, tap. Que dice que no puede dormir. Tap, tap. Que dice que no puede dormir en su cama, en su sofá cama con sábanas semanalmente lavadas y un edredón delgado para esta parte del año, que en invierno cambia por un edredón de plumón. Tap, tap. Que no puede dormir en su piso de tres habitaciones pagado sin retraso cada mes, que no puede dormir en su vida de tres comidas diarias, que no puede dormir con su cuenta bancaria con saldo, poco pero saldo, y su otra cuenta con ahorros, pocos pero ahorros. Tap, tap. Que no puede dormir siguiendo los consejos que le da su médico para la higiene del sueño. Tap, tap. Que no puede dormir escribiendo su cuadernito, su diario del sueño. Tap, tap. Que no puede dormir con relajaciones, infusiones, medicamentos recetados y financiados por la seguridad social. Tap, tap. Que no puede dormir en los hoteles, que le dan asco. Tap, tap. Atentos, compañeros: que dice que no puede dormir en hoteles de tres y cuatro estrellas que son limpiados diariamente por mujeres de espaldas doloridas, que no puede dormir en hoteles porque le da asco pensar que otros han dormido ahí antes y se han tapado con esas mismas sábanas y han tocado el interruptor y el mando del televisor y se han masturbado. Tap, tap. Insomnio hotelero lo llama. Tap, tap. ¡Insomnio hotelero! Tap, tap. Que dice que no puede dormir porque tiene miedo al divorcio. Tap, tap. Que no puede dormir porque necesita abrazarse a cierta mujer como si fuera su peluche. Tap, tap. Que dice que no puede dormir por el calor, el frío, el ruido, el silencio, el exceso de energía, el demasiado cansancio, el cuerpo al lado, el cuerpo ausente, blablablá. Tap, tap. Que no huya. Tap, tap. Cojámoslo. Tap, tap. Cojámoslo y tirémoslo al suelo, sujetémoslo entre varios. Tap, tap. Corramos, que se escapa. Tap, tap. Persigámoslo por toda la ciudad, salgamos a su paso en cada esquina. Tap, tap. Saquemos inesperadamente un pie zancadilleante o una mano-garra de entre unos cartones, de un soportal, del boquete en la tapia de ladrillos, del coche abandonado. Tap, tap. Saquemos una mano inesperada y agarrémoslo al pasar, derribémoslo, inmovilicémoslo sujetándole brazos y piernas, sentémonos sobre su espalda, amordacémosle con nuestras manos mugrientas para que don insomnio hotelero sepa lo que es el asco de verdad. Tap, tap. Aplastémosle la cara contra la acera meada y llena de chicles negruzcos, quitémosle esas zapatillas deportivas que deben de costar dos o tres días de salario mínimo, enterrémoslo bajo una montaña de cartones de supermercado, que no salga de ahí hasta que se aclimate, hasta que deje de parecerle duro el lecho, hasta que no sienta asco, hasta que no tenga miedo a las ratas, las ratas nada metafóricas, las ratas que no son noruegas de laboratorio, las ratas negruzcas que salen de las cloacas de madrugada y señorean la ciudad y se cuelan hambrientas entre los cartones y en los sacos de dormir y por los boquetes de las tapias; que pase las noches con nosotros hasta que no tenga miedo a ser asaltado, pateado por un grupo de niñatos, orinado por borrachos y perros, prendido fuego, triturado por error en el camión de la basura; que no salga hasta que se le quiten el miedo, la angustia, la culpa, la desesperación, la nostalgia, la tristeza, las tonterías, y duerma de una vez, duerma la noche entera sin interrupción, duerma hasta que le despierten los primeros coches de la mañana, duerma hasta que le despierten los muchachos caritativos que ofrecen café y magdalenas, duerma hasta que nunca más diga que no puede dormir. Tap, tap.

[05:12]

A veces te veo de repente por la calle: creo verte, puedes ser tú, estoy convencido de que eres tú, por supuesto no eres tú. Voy por la calle buscándote, con los sentidos alerta, observando a la gente con la que me cruzo, a los peatones en las aceras cuando conduzco mirando en todas direcciones como quien patrulla la ciudad, apatrullando la ciudad, apatrullando la ciudad; pero también puede ser que esté comprando en un supermercado, u observe el interior de un bar a través del ventanal, o recoja a mi hijo menor en el colegio, y de pronto te vea: ahí estás, vas andando unos pasos por delante de mí, estás cruzando la calle donde acabo de girar, apareces al fondo del pasillo de droguería, estás sentada a una mesa riendo mientras tomas un café, te atisbo entre las cabezas de madres y padres a la puerta del colegio; y puede que acelere el paso, frene el coche, me acerque por el pasillo del súper, entre en el bar, me abra paso entre las familias que esperan a sus hijos, para comprobar que no, que no eres tú. A veces temo cruzarme contigo y no reconocerte, tu rostro se va desdibujando con el paso de los días, y al mismo tiempo soy capaz de reconocerte en la espalda de una paseante, en la forma de caminar de una mujer, en el gesto con que alguien se echa hacia atrás el pelo, en una mirada que se cruza con la mía. Supongo que es una forma de percepción selectiva, ir por el mundo con una idea fija en la cabeza, y no hallé cosa en que poner los ojos que no fuese recuerdo de etcétera, buscar obsesivamente a una persona hasta acabar viéndola en todas partes, hasta verla en los demás, en cualquiera, y hay veces que estoy hablando con una mujer, conocida o no, y me parece que hay algo tuyo en ella, un rasgo, un detalle anatómico, un gesto familiar. Hace un par de noches empecé a ver una película, para intentar distraerme y convocar al sueño, estaba viendo una película sin mucho interés, sin apenas atender, pero de pronto apareció en pantalla una mujer acostada: la vi y pensé, o no lo pensé sino que lo sentí, no lo sentí sino que lo supe, con toda seguridad la vi y supe que su barbilla era como la tuya: no era como la tuya, era la tuya, era tu barbilla, inserta en otro rostro, en otra mujer; la actriz no se parecía en nada a ti pero tenía tu barbilla: su rostro se mostraba ensanchado y sin tensión por estar tumbada boca arriba, su papada aflojada, su mentón tierno, y me recordaba a ti, me recordaba a cuando yo abría los ojos y tú todavía dormías y era así tu barbilla, exactamente así. Ni siquiera necesito una persona, un gesto, una barbilla: de pronto todo está marcado por ti, de pronto un objeto cualquiera, una expresión oída, el nombre de una ciudad me remiten a alguna conversación contigo, a alguna conversación adormilada, algo que dijiste, algo que te dije, algo que ahora vuelve, ni siquiera directamente, puede ser a partir de asociaciones de ideas caprichosas; y me pasa que a veces me olvido de ti, no en la noche insomne pero sí durante el día, entretenido, concentrado en algo, trabajando, cocinando, ayudando a mis hijos con los deberes, de pronto me he olvidado de ti, no pienso en ti, hasta que algo, un objeto cualquiera, una expresión oída en la radio, el nombre de una ciudad, una asociación de ideas caprichosa, te traen de vuelta. Y por supuesto en las noches, en noches como esta larga noche en que rememoro otra vez y cuento, me cuento, te cuento nuestra historia, como quien recuerda una novela y se la narra a alguien, se la narra varias veces añadiendo nuevos detalles en cada revisión, añadiendo nuevos detalles recordados o inventados, toda historia va creciendo según se cuenta, creciendo hacia delante y hacia atrás, lo que pasó y lo que pudo pasar y lo que deseamos que pasara, lo que me dijiste, lo que te dije, lo que debería haberte dicho, lo que te digo ahora.

DIARIO DEL SUEÑO, 21 DE MARZO

Breve episodio de alucinaciones hipnagógicas, pero muy diferente a otros: sensación, totalmente vívida, de que alguien se mete en la cama a mi lado. Noto el tirón de la sábana levantada, el hundimiento del colchón, un cuerpo aproximarse al mío. Despierto en falso un par de veces, hasta que consigo abrir los ojos y compruebo que no hay nadie.

No duermo más. Me quedo en la cama, cojo el cuaderno y escribo.

La historia empieza con alguien que no puede dormir. Sin motivos claramente identificados. Estrés, incertidumbre, sobrecarga laboral, tensiones familiares, sí, pero nada extraordinario. No puede dormir y se asoma al balcón de madrugada. Se asoma y ve unas cuantas ventanas iluminadas en su calle. Ve el resplandor colorido de un televisor, la luz floja de una mesilla de noche. La ~~pupila roja~~ brasa de un cigarrillo en una ventana. Una silueta oscura en un balcón. El final de la primavera o el comienzo del otoño, ventanas y terrazas abiertas. La ventana indiscreta. De vez en cuando un coche, o la moto estrrridente que nunca falta. Una luz que se enciende en una cocina, alguien que bebe agua y observa los imanes de la nevera. Un cuarto de baño, un perfil tras el cristal esmerilado. Y habrá otros, por pura estadística —un tercio de los españoles adultos tiene problemas para dormir— habrá otros que no enciendan luces ni se asomen a balcones, pero que imagina tumbados, girando en la cama, resoplando, ojiabiertos, levantándose y merodeando el pasillo, sentándose en el sofá, enredando con el móvil, regresando a la cama para seguir no durmiendo.

No nos quejamos, piensa desde su balcón. No nos quejamos quienes no podemos dormir. No nos quejamos, incluso lo ocultamos, apenas lo contamos, buscamos remedios en internet, vamos al médico, probamos productos naturales, somníferos al final. No nos quejamos quienes no podemos dormir.

Una noche, de nuevo insomne, sale al balcón y cuelga una sábana en la barandilla, hacia el exterior. La estira bien, la tensa y anuda por las esquinas a los barrotes. En ella ha escrito una frase corta, solo tres palabras. En letras mayúsculas, grandes y con pintura fluorescente que brilla a la luz de una farola próxima, fácilmente visible desde los edificios de enfrente, y por cualquiera que atraviese la calle y mire hacia arriba, no muy arriba, segunda planta.

Cuelga la sábana, sin saber muy bien por qué. Tiempo después, cuando responda algunas entrevistas, dará a su acción una respuesta rotunda pero en realidad elaborada *a posteriori*. Lo cierto es que la puso sin mucho pensar, casi una travesura, un juego, una intuición como mucho, pero una intuición de qué.

Pone la sábana rotulada y se queda ahí, en su balcón junto a la barandilla, no se esconde. Comprueba que ha llamado la atención de varios que no duermen en los edificios de enfrente, habituales de otras noches. Desde ahí no ve bien sus caras, hay distancia y poca luz, pero sabe que miran hacia acá. Dos vecinos comentan algo, de balcón a balcón, avecindados en su mal dormir; uno señala, puede oír sus risas indisimuladas en la noche tranquila del barrio.

Por la mañana se asoma al levantarse, después de las pocas horas en que pudo dormir. Se asoma esperando no sabe qué, pero no hay nada nuevo. Su sábana sigue ahí, observada ahora por los paseantes matutinos, los que circulan por la acera de enfrente no pueden pasar sin verla. Se sienta en el suelo del balcón, con la espalda pegada a la pared, le prestan camuflaje las pocas plantas en macetas, desde ahí puede observar a salvo de las miradas de la gente que pasa, gente que señala, gente que comenta, gente que se para, gente que hace una foto.

Dos días después, cuando se levanta con intención de descolgar la sábana, fin de la broma, y lavarla y borrarla para que vuelva a ser solo una sábana vieja, descubre que en una ventana de la acera de enfrente, dos portales más hacia la derecha que el suyo, hay una tela colgada en el cuarto piso. También es una sábana, puede ver el bordado del embozo. La misma frase, las mismas tres palabras. En su caso con letras rojas. Se asoma varias veces en la mañana esperando ver a quien ha colgado aquella pancarta, pero la ventana permanece cerrada todo el día. Solo a la noche, cuando en efecto no puede dormir y sale al balcón, descubre que hay una mujer en aquella ventana, una mujer que ha replicado su sábana. Está muy lejos para distinguirle la cara, pero la de enfrente le hace un gesto, levanta una mano en saludo, así que devuelve el saludo con un poco de vergüenza. En otros balcones y terrazas están los mismos insomnes de cada noche, y también otros que nunca se asoman pero que seguramente tampoco suelen dormir bien aunque lo guardan en interior, y solo ahora se asoman, es probable que tras haber visto la sábana durante la jornada.

Al día siguiente sale a la calle con una gorra y gafas de sol, el tipo de camuflaje que en realidad llama más la atención, pero siente incomodidad, teme que los insomnes de la noche le digan algo, pregunten, reprochen o feliciten su acción. Se detiene junto al portal de la acera de enfrente, donde sigue la otra sábana colgada de una ventana del cuarto piso, pero no coincide con la mujer de anoche, no la ve salir ni entrar ni asomarse. Desde la calle, al girarse siguiendo la mirada de paseantes que se detienen y señalan, le sorprende ver una tercera sábana en el edificio colindante al suyo, en la primera planta, con el mismo lema.

Lo que sigue es fácil de adivinar: un día después cuenta hasta doce sábanas solo en las siete u ocho manzanas de su calle, y otras tantas repartidas en calles cercanas, en todos los casos sábanas, no otras telas ni cartones; sábanas, bajeras o encimeras, de cama individual o de matrimonio, blancas la mayoría pero también algunas estampadas, todas rotuladas con las mismas tres palabras. El paso de los días va multiplicando y expandiendo las réplicas, que encuentra en otros barrios al pasear. En redes sociales los usuarios etiquetan sus propias sábanas fotografiadas, algunas en patios interiores, invisibles para la calle. Le sirven para ir marcando en un mapa las ciudades y pueblos donde van apareciendo, un mapa digital donde coloca chinchetas virtuales, y que día a día va poblándose de puntos verdes en una progresión que algún matemático podría estudiar y describir a partir de una fórmula, una gráfica, una curva que se va empinando en su ascenso cada vez más. Progresión geométrica, piensa.

Durante días, a la vez que orgullo por el alcance de su acción, siente también una cierta decepción: nadie reconoce su autoría ni su condición pionera, como si la suya fuese una sábana más, una de tantas. Llega a dudar de si en verdad la suya es la primera, tal vez fue simultánea a la de alguien también insomne cerca o lejos de allí, tal vez se unió sin saberlo a un movimiento ya en marcha, hay veces en que las ideas flotan en el aire, en el tiempo, son epocales y corren de una cabeza a otra, se encienden en varios sitios a la vez, se contagian infectando cerebros coetáneos, se transmiten mediante telepatía, no por teorías esotéricas sino a partir de la definición original de meme que dio Dawkins, lee Wikipedia para confirmarlo.

Pero un día llama a su puerta un equipo de televisión que está haciendo un reportaje sobre la proliferación de sábanas. La revuelta de los insomnes, así lo dice la periodista, tomando la frase que alguien propuso en una tertulia televisiva y que se ha impuesto en la cobertura informativa del fenómeno: la revuelta de los insomnes. La periodista explica que, siguiendo varios hilos, fue remontando en el tiempo la aparición de las sábanas rotuladas, preguntando a vecinos de calles próximas y atendiendo a las redes sociales, hasta llegar aquí. Pensó inicialmente que la primera era aquella de la ventana al otro lado de la calle, pero la vecina fue honesta y le indicó este balcón donde ahora el cámara le pide que se apoye en la barandilla, mientras improvisa respuestas para las preguntas de la periodista, respuestas que le suenan impostadas: los problemas para dormir no son problemas particulares, dormir es una tarea colectiva, solas no podemos, o dormimos todas o nadie dormirá.

Me empiezo a aburrir de la historia, me entra sueño. Tal vez la siga otro día. O no: es probable que al leerla mañana me parezca muy mala, como suele pasar con la escritura insomne.

Multiplicación de las sábanas. Una primera manifestación nocturna, espontánea, decenas de insomnes que salen a la calle una noche tras una gran sábana en pancarta, sin atreverse a gritar consignas o coreándolas en voz baja para no despertar a los afortunados durmientes, hasta que en noches sucesivas y en otras ciudades algunos gritan lemas de madrugada para que quienes duermen sepan que hay muchos que no pueden dormir. O dormimos todas o nadie dormirá. Atención creciente de los medios. Tema del momento para tertulias televisivas. Contagio a otros países, con peculiaridades locales. Partidos políticos que se interesan. Asambleas de la noche surgen por todo el país. Líderes autoproclamados que intentan capitalizar el malestar insomne y aprovechan la popularidad del movimiento para echar la caña con otros fines. Primeras escisiones. Acampadas nocturnas. Multas por ruido, por perturbar el descanso. Disturbios. Creación de una plataforma electoral, una candidatura de insomnes para próximas elecciones. El gobierno se compromete a atender el problema, crea un observatorio para estudiarlo, promete una ley del sueño. Etcétera, etcétera, etcétera. Me duermo.

[05:24]

Me cuesta leer. No solo me cuesta dormir, también me cuesta leer, cada vez más, es decir, me cuesta trabajar, y eso alimenta el círculo que me consume: como no puedo dormir, no consigo leer, agotado, narcoléptico; como no puedo leer, no consigo dormir pensando en todo lo que no he leído, en que se me pasan los días, en que vence el plazo; y como no puedo dormir, al día siguiente me cuesta más todavía leer, y me acabo durmiendo a deshoras, siestas de las que despierto abotargado, incapacitado para el resto de la tarde, siestas tan distintas a las nuestras, aquellas dormidas revitalizantes y productivas por breves que fueran. Si tomo algún fármaco para dormir, a veces lo consigo, pero al precio de aumentar la somnolencia diurna, fatal para mi trabajo. Y no solo me cuesta leer por sueño, por somnolencia, porque se me cierran los ojos a las pocas páginas; es que además me distraigo más, me cuesta concentrarme en lo leído, paso los ojos por los renglones hilando letras para formar palabras y unirlas en frases, me detengo al final del párrafo como si no lo hubiera leído, como si solo hubiera pasado los ojos sobre palabras y frases incomprensibles, como quien lee un idioma extranjero, y cae mi velocidad lectora, se desploma hasta velocidad de lector mediano, de lector mediocre, de lector ocasional, de lector primerizo, de lector que acaba de aprender a leer y apoya el dedo en la página y acompaña el recorrido del renglón para no perderse. *Sponge, sand-glass, mogul diamond* y otra que no me acuerdo: Coleridge y las cuatro clases de lectores. Una pobre esponja yo, absorbo lo leído, y al escurrir lo devuelvo en el mismo estado, sin provecho. Incapaz. Ya me ocurría antes, ya hacía tiempo que me costaba concentrarme en la lectura de trabajo; ya hacía tiempo que resbalaba por la página como el conductor que automatiza sus movimientos y que después de kilómetros se sorprende de haber recorrido toda esa distancia; solo que ahora se multiplican mis distracciones: comienzo muy concentrado, me esfuerzo por no resbalar en la página, me espoleo recordándome la premura, el retraso, el plazo de entrega; comienzo muy concentrado pero a las pocas líneas mis ojos siguen leyendo sin que el cerebro los acompañe, estoy pensando de pronto, pensando en algo, pensando en cualquier cosa, como si leyera ese pensamiento entre las líneas del texto, como aquello de Cortázar con Galdós en *Rayuela*, mi pensamiento distraído como una larga nota a pie que acaba ocupando la página entera; pienso por ejemplo en mi divorcio, pienso monotemático y monomaniaco en mi divorcio venidero, mientras leo o intento leer echo cuentas mentales otra vez, taso el piso y resto la hipoteca pendiente; pienso en mis hijos, mientras leo o intento leer pienso en mis hijos que ya se dan cuenta de que algo va mal en casa, me ven dormir en el sofá, el pequeño nos pregunta una y otra vez si estamos bien, el mayor está más malhumorado, y yo quiero evitarles ese dolor, imagino la conversación que tendremos con ellos, la imagino mientras leo o intento leer; pienso en Inma, mientras leo o intento leer pienso en Inma, que se levanta cada vez más por las noches sin que yo me decida a salir de mi cama, como paralizado, como una parálisis del sueño de las que he sufrido con frecuencia en mi vida, estar dormido sin estar dormido, el cuerpo dormido y el cerebro despierto, ver una sombra, sentir una presencia, alguien que anda por el pasillo o se asoma a la habitación, así Inma por las noches, ella mi fantasma, una parálisis del sueño con esposa insomne moviéndose espectral por el pasillo y que tal vez espera un gesto de acercamiento pero yo no me muevo, no puedo moverme, temo moverme porque si lo hago, si venzo mi parálisis y me levanto tras ella, iniciaré la conversación que llevo semanas evitando; y pienso en ti, claro, trato de seguir leyendo, me concentro otra vez, me espoleo, avanzo unas líneas, pero de pronto estoy pensando en ti, estoy recordando los momentos juntos, con viveza fotográfica, no es verdad porque la memoria nunca es fotográfica pero yo intento recordar detalles, rellenar huecos, alumbrar lo que siempre era oscuro o penumbroso; estoy recordando un día concreto, un instante, un gesto, una barbilla entrevista al despertar; intento seguir leyendo, incluso pruebo a leer en voz alta para disciplinar más la atención, pero en mi cabeza resuena otra voz, resuenan otras voces, las nuestras, como en una grabación, conversaciones enteras, el registro de conversaciones que tuvimos y que reproduzco una y otra vez, pero también conversaciones dudosas y conversaciones imaginarias, lo que dices tú, lo que contesto yo, una conversación impecable e ideal, como un diálogo teatral, cada pregunta encuentra su respuesta, cada frase su réplica, una conversación fantasmal que me acompaña durante el día a ráfagas, como quien escucha de lejos fragmentos de una conversación vecina, una conversación fantasmal y deseada que se extiende durante la noche, que llena las horas no dormidas, que prolonga el intercambio, te cuento, me cuentas, nos contamos, como una novela que leo, como una novela que he leído y le cuento a alguien, te cuento a ti o me cuento a mí en ti, y en cada recuento añado nuevos detalles, conversaciones apócrifas que sin embargo acaban guardadas en el mismo circuito cerebral que las conversaciones reales, la misma intensidad emocional, la misma fuerza intrusiva, el mismo brillo que cualquier recuerdo cierto, y las mismas consecuencias.

DIARIO DEL SUEÑO, 22 DE MARZO

Mala noche. Dos, tres horas como mucho pese a un lorazepam.

¿Por qué no duermes? Lancé la pregunta en mitad de la noche, desvelado. La envié y reenvié a decenas de contactos, amigos, familia, conocidos, colegas de profesión. ¿Por qué no duermes? Para justificar pregunta tan invasiva, dije que estoy trabajando en un libro sobre el insomnio y el mal dormir, y que quiero conocer la experiencia de quienes lo sufren. ¿Por qué no duermes? Envié más de medio centenar de mensajes, copiar y pegar. La respuesta fue rápida, masiva, decenas de mensajes de quienes en efecto estaban también desvelados a la misma hora y se unieron a la conversación.

¿Por qué no duermes?

Tengo problemas para dormir desde hace muchos años... Me quitan el sueño asuntos del trabajo, como ecuaciones complejas que debo resolver... Suelo apretar la mandíbula, se me contracturan el cuello y las cervicales... Mi mente no consigue relajarse... La menopausia me está hundiendo el sueño... El puto trabajo, esa sensación de que se te va la vida en actividades ajenas a tu voluntad... Mi hija mayor tuvo problemas de salud siendo bebé, podía ahogarse dormida, y se me quedó un sueño superficial de por vida... El estrés, el miedo, el fallecimiento de gente cercana, la premenopausia... Tengo un pilotito que me despierta cuando voy a caer dormida: siempre he de permanecer alerta, siempre... A los nueve años empecé a trabajar en el horno de mi familia, me acostaba a las nueve y nos despertaba mi padre a la una, y ese dormir partido me ha condicionado... He tenido una buena carrera profesional a base de grandes esfuerzos, tensión y ansiedad, con el efecto colateral de dormir mal... La obsesión con lo que estuviese investigando me hacía levantarme antes: ya descansaré cuando esté muerto, como Fassbinder... Las hormonas desde hace dos años... El día a día no me deja tiempo casi para pensar, y cuando llega la noche y paro, viene todo... El amor y el desamor, hacerle daño a alguien querido... Problemas económicos, llegar sin apuros a fin de mes, y cuando no he tenido problemas de dinero era mala conciencia por no haber conseguido profesionalmente todo lo que debería... Mi pareja me dejó y caí en una pequeña depresión, por la noche afloraban imágenes y pasajes de los años con ella... Un episodio traumático a los dieciséis hizo que mi alerta nocturna se extremase, estoy siempre alerta... Durante años maltraté mi sueño, sacrificaba horas de descanso para avanzar en el trabajo, y se fue gestando mi insomnio actual... La edad, el cuerpo cascado, dolores de espalda, además de un calambre en el brazo, una tendinitis por llevar media vida usando un ratón... Siempre he sufrido el síndrome de la fase del sueño retrasada, hace que vayas eternamente cansada y te consideren una vaga por no rendir a primera hora... Algunas noches el dolor de las migrañas es tan fuerte que no puedo descansar... Tuve problemas de sueño poco antes de saber que nos separábamos: pesadillas, malestar, angustia... El miedo al fracaso no me deja dormir... Enfados de pareja, acostarnos sin haber limado la última discusión, o sentir que se enfría el amor, preguntarme si ella es feliz conmigo o si yo lo soy... La enfermedad está muy presente en esta época de mi vida, la enfermedad y la muerte... Empecé a ser insomne crónica desde que me hice autónoma... De pequeña me acostaba con temor de hacerme pipí en la cama... Desde que soy padre me falta tiempo, los días se van y no consigo dejarlos ir sin más... Cuando nos metimos cuatro compañeros en el comité de empresa, las reuniones eran insufriblemente tensas, más de una noche no pegaba ojo pensando qué necesidad había de todo aquello...

¿Cómo son tus noches de mal dormir?

Caigo rendida enseguida, pero en cuanto descanso un mínimo me despierto... Saber que tengo que madrugar o que el día siguiente será agotador me desvela sin remedio... El sofoco de las seis llega puntual como un tren prusiano... Me duermo con facilidad, pero paso la noche despertándome, es un sueño superficial... A las tres, a las cuatro, y ya no hay manera... Abres los ojos y sabes que no va a volver el sueño, y que mejor es levantarse, pasas el día cansado y te vuelves a acostar cansado pero tampoco te duermes y te asustas... Mi cerebro piensa en cualquier cosa: la solución a una fórmula de Excel para el trabajo, una conversación con mi hija, alguna estupidez en bucle infinito, una canción que he escuchado y que sigue sonando... No siempre es negativo, me encanta gozar de esa fuerza noctámbula, surgen mis mejores ideas, disfruto el conticinio, el silencio de la noche... Me vienen encima todos mis fantasmas y miedos... Hacia las cuatro, la encrucijada: ¿me tomo algo o me dejará adormilada durante el día?... Redacto cosas en la cabeza, preparo lo que diré en una conversación difícil, repito cosas en bucle, me digo: sal de ahí, duerme... En mi cabeza hay una tele con multitud de canales, casi todos feos... Los pensamientos dejan de ser brillantes o divertidos, se convierten en bucles de angustia, la noche discurre entre monólogos interminables... Acabo levantándome y yendo al ordenador... Apago la luz, y mi cabeza se pone a pensar en cómo voy a afrontar el IRPF, el IVA, los plazos de los créditos, el *renting* del coche, el alquiler del piso; pienso en levantarme y comprobar en la aplicación de facturación electrónica si alguien tiene previsto pagarme pronto... Te asaltan pensamientos oscuros, recuerdos de malos momentos, todo lo que te avergüenza, lo negro de tu vida se agolpa y viene por olas... De pronto me siento descansada y con ganas de leer, de escribir; hay un tipo de insomnio disfrutable, un tiempo para ti en mitad de la noche, como un regalo... Hablas contigo misma sin fin, como un laberinto mental, viscoso y pesado, a un tris de empezar a escuchar voces... En dos ocasiones el insomnio desembocó en crisis de pánico, me levanté con un sentimiento espantoso de muerte...

¿Qué haces para conseguir dormir?

Descubrí la marihuana cuando no podía dormir por la enfermedad de mi padre... Tomo ansiolíticos, pero no son más que un placebo... He probado relajantes musculares, una férula de descarga, fisioterapia, natación... Raíz de valeriana en infusión... Escucho pódcasts que hablen de temas que no me interesen demasiado... Aparte de los antidepresivos, gotas de CBD, con efecto más bien sugestivo... Llevo en terapia desde que redactaba mi tesis doctoral... Media pastilla de antidepresivos por la mañana y otra media para dormir... Leo, tomo una infusión, hago una relajación... Desde que empecé a correr con regularidad me va mejor, además de la práctica de la meditación zen, atender a la respiración, calmar la mente... Productos de herboristería, algunas caladas a un porro de maría, aunque a veces me agito más y me obsesiono con lo que ronda por mi cabeza... Orfidal y remedios naturales... Psicólogos, psiquiatras, clínica del sueño, neurólogos... A las primeras vueltas no espero más: una pastilla y a dormir... Lo único que me funciona es un aceite en gotas derivado del cannabis... Melatonina de lunes a viernes, química más agresiva en situaciones extremas... Me pongo a pensar en cosas placenteras, recuerdos de niñez y juventud, hasta imagino cosas eróticas... He probado de todo, me sé todas las pastillas, infusiones, gominolas y gotas... Además de algún hipnótico, tengo una técnica de respiración: inspirar por la nariz, retener el aire siete segundos, expulsarlo en ocho por la boca... Zolpidem, lo dejo en la mesilla pero solo muerdo un trocito... Lorazepam, mi neurólogo me dice que media pastilla, mi médico de cabecera que me la tome entera sin pensarlo... Estoy seguro de que cuando logre tener un ingreso suficiente que no dependa de lo que facturo, y me permita vivir con dignidad, mi problema con el sueño acabará por fin... Encoger levemente las rodillas hacia el pecho, dejar caer el cuerpo a un lado, sujetar la muñeca derecha con la mano izquierda... Visualizo paseos en nuestro pueblo, en el norte... La marihuana se ha convertido en mi ansiolítico y barbitúrico, suplanta a las benzodiacepinas que toda mi familia toma por sistema... Me acuerdo de una canción que me gustaba mucho en la adolescencia: *Mon père ne dort plus sans prendre ses calmants, maman ne travaille plus sans ses excitants*... A veces una infusión, y otras me pongo a orar discerniendo dónde está Dios en cada persona y situación concretas, o dónde me señala que debo estar... El mejor momento del día es cuando me echo en la cama con A., esperando el sueño: siento calor, proximidad y protección; no hay soledad... En vacaciones duermo como un bebé.

[05:38]

¿Cómo volveremos a dormir? ¿Y si no nos vemos más, y si aquella fue nuestra última noche, de verdad y para siempre nuestra última noche; y si aunque nos viésemos, aunque nos reencontrásemos, aunque nos reencontrásemos casual o intencionadamente, aunque nos volviésemos a cruzar en un hotel, en el bar de un hotel a medianoche, aunque algún día me llamases o atendieses mi llamada, aunque nos citásemos de nuevo en nuestra habitación número veinte de parejita de los miércoles, aunque nos tumbásemos juntos y nos abrazásemos, aun así no fuésemos ya capaces de dormir, roto el hechizo, derrumbada la cúpula; y si ya nunca volvemos a dormir juntos, cómo haremos en adelante para dormir, para dormir lo suficiente, para dormir algo, para no arrastrarnos durante el día y quedarnos adormilados mientras trabajamos o mientras conducimos; cómo haremos para seguir siendo adultos funcionales que recuerdan la clave de la tarjeta bancaria y no olvidan al hijo en el coche, cómo haremos para no deteriorar más nuestro organismo, nuestro cerebro, nuestro sistema inmunológico, el insomnio que acorta la vida y aumenta el riesgo de enfermedades; cómo haremos para no enloquecer como presos privados de sueño durante días, para no desplomarnos como ratas de laboratorio sobre una plataforma flotante; cómo haremos para que nuestro insomnio agudo no se convierta en insomnio crónico y acabe en insomnio fatal, insomnio mortal, gente que muere después de meses sin dormir; me pongo dramático, sí, me pongo melodramático, me pongo trágico, me pongo melotrágico, me río yo solo de mi sobreactuación, pero cómo haremos, dime, cómo haremos para dormir, cómo harás tú sin mí para dormir y cómo haré yo sin ti: nos medicaremos, probaremos fármacos, aumentaremos la dosis, desarrollaremos tolerancia y tendremos que intentar otros más potentes hasta que ninguno nos valga, seguiremos una terapia, acudiremos a una clínica del sueño, recurriremos desesperados a la medicina alternativa, confiaremos en curanderos, nos dejaremos hipnotizar, probaremos drogas, conseguiremos fármacos clandestinos más potentes, sedantes para caballo, y cuando nada funcione buscaremos a otros compañeros de sueño, encontraremos a alguien con quien dormir, con quien levantar de nuevo una cúpula, tal vez lo encontremos por casualidad otra vez y funcione pero solo por un tiempo, un alivio, unas noches, unos meses, hasta que el hechizo se rompa de nuevo, hasta aceptar que la solución no es encontrar a alguien a quien abrazarnos para dormir, la solución no es que cada insomne encuentre su pareja de sueño, y qué haremos entonces, qué haremos tú y yo, cómo volveremos a dormir? Lo pienso ahora, cerca ya del amanecer, lo pienso mientras oigo a Inma, como tantas noches últimamente, la oigo moverse fantasmal por la casa, desde mi sofá cama la oigo, desde mi fingida parálisis del sueño la oigo, acabo de oírla cuando son casi las seis menos cuarto, la oigo salir al pasillo, ir al baño, encender la cocina, quedarse un rato en el salón, volver a la cama, hacerse notar en su deambular ruidoso y luminoso, y no soy capaz de levantarme y acompañarla, levantarme e intentar hablar con ella, levantarme y atender lo que tal vez es una llamada, una invitación, una oportunidad, pero también puede ser el comienzo de la conversación más temida, la conversación inevitable y que voy aplazando, la conversación que impido noche y día por incomparecencia, no levantándome por las noches y evitando quedarme a solas con ella durante el día, exagerando mi laboriosidad y mis prisas para así huir de la conversación, la Conversación, la CONVERSACIÓN; y pienso que debería levantarme, e imagino, fantaseo, no me levanto pero fantaseo con que una noche sí me levanto, una noche me levanto por fin atendiendo su deambular ruidoso y luminoso, voy al salón y la encuentro, ella está mirando por la ventana, una mano aparta la cortina, la noche ahí afuera, la ciudad dormida o no tan dormida, el bloque de enfrente con algunas luces, insomnes, ajedrecistas, autónomos facturando, parejas en proceso de separación que deambulan alternativamente por sus casas sin encontrarse como ratas en el laberinto de algún experimento; o mejor me levanto yo, en mi fantaseo soy yo el que me levanto antes de que ella se levante, me levanto y la espero en el salón, mirando yo por la ventana, y entonces veo a Inma reflejada en el cristal, a mi espalda, transparente en el reflejo como un espectro, y tardo unos segundos en girarme, como si no la hubiera visto, arriesgándome a que se vuelva a la cama, esperando a que ella inicie la conversación, sintiéndome muy cansado para ninguna conversación pero a la vez deseando oír su voz a mi espalda, hasta que por fin me giro, las dos ratas frente a frente en un recodo del laberinto, y es ella la que habla, la que pronuncia las palabras odiosas: tenemos que hablar. La conversación que sigue también la he imaginado otras noches: lo que ella dice, lo que yo le contesto, réplicas y contrarréplicas, ensayo general. Pero algunas noches, en otras versiones de la misma historia, imagino que son diferentes sus palabras iniciales. Que en vez de la manida fórmula: tenemos que hablar; me sorprende con un inesperado: ven a la cama. Y se gira, en mi película alternativa ella se gira y desaparece por el pasillo, y yo la sigo, entro tras ella en el dormitorio que fue nuestro tantos años y al que últimamente solo accedo para coger ropa. Inma no se sienta en el borde de la cama para hablar, sino que se tumba, se arropa, ni siquiera coloca un cojín ni dobla la almohada para estar más incorporada y así poder hablar, se acuesta y se arropa y deja fuera un brazo, la mano que posa sobre el otro lado de la cama, el lado vacío de la cama, mi lado de la cama, posa la mano para subrayar sus palabras, sus palabras que repite y que no son las temidas: tenemos que hablar; sino las más esperanzadoras: ven a la cama. Y yo me aproximo, me siento, me recuesto, me tumbo boca arriba a su lado, me tapo, ella apaga la lámpara de la mesilla y quedamos a oscuras, el punteo de la persiana apenas declina la penumbra, relumbran los números del reloj que nos recuerdan que es tarde, que se está haciendo muy tarde; quedamos así los dos, boca arriba, mirando al techo inexistente, y yo me tranquilizo, porque aunque todavía temo la conversación, la Conversación, pienso, fantaseo, que será en voz baja y sin vernos la cara para facilitar las palabras difíciles y mantener a buen recaudo el dolor, que la oscuridad amansa el resentimiento. Pero no hablamos: en esa escena que he imaginado algunas noches no comenzamos ninguna conversación: su mano que ha vuelto bajo la sábana repta hasta encontrar la mía, su mano caliente en mi mano fría, sin apretar, solo posada, sin yo tampoco mover los dedos ni acogerla, extrañas de pronto nuestras manos, extrañas como viejas conocidas que tardan un instante en reconocerse porque no recuerdo cuándo fue la última vez que nos dimos la mano, y así quedamos un tiempo, deslizando dedos entre dedos hasta enlazarlos, las manos aprietan alternativamente como mensajes en morse, las respiraciones se acompasan, se ralentizan a la vez, sincronizado su inspirar con el mío, mi espirar con el suyo, cada vez más prolongados y lentos, sus ojos cerrados como también los míos, y así nos vamos deslizando sin resistencia, nos vamos abandonando en la caída, nos vamos apagando y aflojando y desatando y derramando hasta quedar dormidos, profundamente dormidos, como no lo hemos estado en mucho tiempo, los dos agotados, los dos derrotados, los dos con tanto sueño atrasado y tantas noches deambulando por laberintos. Nos quedamos dormidos, profundamente dormidos, mortalmente dormidos.

DIARIO DEL SUEÑO, 23 DE MARZO

Cuando no duermo, planifico: el día siguiente, la semana entrante, el mes que comienza, el año por delante. Dibujo mentalmente, en la pizarra que brilla eléctrica en el dormitorio oscuro, dibujo horarios con reparto de tareas para mañana, distribuyo lo pendiente, lo urgente, lo despistado, lo ineludible, horarios que incumpliré pero sigo haciéndolos. Repaso la semana de lunes a viernes, las citas, los trabajos, las fechas de entrega, las facturas, las tareas domésticas, el menú semanal dependiendo de si me toca hacer comidas o cenas, las rutinas deportivas distribuidas en días alternos. Miro más allá, a las semanas siguientes, incluso meses, los trabajos ya confirmados, futuros plazos de entrega, algún viaje, un cumpleaños familiar, las vacaciones. Y también hago listas.

Cuando no duermo, hago listas. Me relaja hacerlas y a veces me ayuda a encontrar el sueño, otra forma de contar ovejas y ocupar la atención para que no se disperse y así espantar el insomnio: listas de tareas pendientes, de trabajos por hacer, de proyectos, de películas que quiero ver, de libros que hacen cola, de reparaciones domésticas que esperan su momento; listas de la compra y listas de buenos propósitos, listas de regalos navideños y listas de personas a las que querría llamar tras tanto tiempo.

Por ejemplo, la lista de cosas que voy a hacer para dormir mejor a partir de ahora:

- Acostarme antes, no perder tanto tiempo en el final del día deambulando por la casa, enredando, navegando, viendo vídeos idiotas, jugando al ajedrez, leyendo sin concentración, adormilándome en el sillón hasta que me duele el cuello y me quedo frío.
- Alejar toda pantalla las dos horas previas, igual que beber menos café y nada de alcohol a partir de mediodía. Los insomnes somos maestros en sabotear nuestro propio sueño, nos aplicamos a fondo cada noche en hacer todo aquello que sabemos contraindicado, como si en realidad no deseásemos dormir, como si aquel joven que quería más horas de vida recortándoselas al sueño siguiese al mando. Me lo dijo hace unos días Inma, sabia y acusadora: tu problema es que en realidad no quieres dormir, te niegas tú mismo el sueño, haces todo lo que no debes, hay algo en ti que rechaza el descanso.
- Cerrar mis cuentas en redes sociales, cortar ese grifo de dopamina y excitación, otra forma de sabotaje, de noches alargadas sin sentido, de mantener el cerebro erizado.
- Hablar con Inma, no seguir evitando la conversación pendiente, aclarar nuestro futuro. No en mitad de la noche, los dos cansados y malhumorados por el no dormir, sino de día, con tiempo, sentados frente a frente, incluso fuera de casa para evitar el laberinto de ratas en que acabamos chocando.

- Reconstruir nuestra relación, si el resultado de la conversación es seguir juntos. Perdonarnos, reconciliarnos, replantearnos, pensar qué queremos ser.
- Separarnos amistosamente en caso contrario, afrontar el divorcio sin tanto drama, pedir dinero prestado a mi familia para pasar el primer bache.
- Retomar un intento fallido de acción colectiva que tuvimos una docena de colegas de profesión hace años. Lectores y correctores editoriales como yo coincidimos en unas jornadas y, en la cena, tras compartir como siempre nuestras penas y malestares económicos, nos envalentonamos en la sobremesa alcohólica, nos jaleamos unos a otros, y decidimos organizarnos, dar un paso al frente para defender mejores condiciones y sobre todo mejores tarifas. Nos reunimos semanas después, ya pasado el calentón, nos costó encontrar tiempo y un día para coincidir todos pero conseguimos reunirnos. Acordamos unos puntos comunes: defensa de la profesión, tarifas dignas, reconocimiento, epígrafe propio en Hacienda, combate al intrusismo y a las malas prácticas empresariales, rechazo al uso indiscriminado de la inteligencia artificial. Decidimos comenzar por la publicación de un manifiesto, una carta colectiva que presentaríamos a las asociaciones de correctores y a los sindicatos para tener su apoyo, una carta que haríamos circular entre compañeros para lograr todas las firmas posibles y que, además de difundir en prensa y redes, enviaríamos al gobierno, a los ministros de Cultura, Hacienda y Trabajo, y a todas las empresas con las que trabajamos. Nos costó ponernos de acuer-

do, pero después de varias semanas e interminables cadenas de correos conseguimos redactar una primera versión. Nos atascamos cómicamente en corregirlo, en discutir un adverbio o una construcción gramatical, lo reescribimos varias veces, nos lo reenviamos con sucesivas correcciones de estilo, marcando en los márgenes las modificaciones con los mismos signos que usamos al trabajar: esto va en cursiva, aquí sobra un espacio, cambiar el orden de las palabras, sustituir la coma por un punto y coma. ¡Y aun así se nos colaron dos erratas! Dos erratas infames que otros colegas nos señalaron cuando se lo enviamos: les pareció poco serio que iniciásemos una reivindicación laboral, que pidiésemos mayor reconocimiento para la profesión, y lo hiciésemos mediante un texto con erratas. Nos culpamos unos a otros, discutimos una nueva versión del texto, pero al final nadie fue capaz de rematarlo, nadie pudo reunir las direcciones de correo necesarias para difundirlo, nadie se hizo cargo de enviarlo, nadie contactó con las asociaciones de correctores ni con los sindicatos, nadie llamó a periodistas culturales para que se hiciesen eco, nadie abrió una cuenta en Twitter, nadie se ocupó de reservar un espacio para celebrar una primera asamblea, nadie convocó una reunión para resolver lo pendiente, nadie preguntó a los demás si querían seguir con el plan, nadie volvió a escribir en el grupo de WhatsApp, nadie comentó nada cuando tiempo después volvimos a vernos, como avergonzados. Asumimos la derrota: todos estábamos demasiado ocupados con nuestro trabajo habitual, todos vivíamos permanentemente desbordados y con plazos de entrega siempre inminentes. Nuestra propia precariedad era la que nos impedía organizarnos contra la precariedad, nuestras tarifas bajas que nos obligaban a trabajar más horas eran las que nos impedían organizarnos para conseguir mejores tarifas, de modo que aquel intento murió antes de empezar. Pero dada la elevada incidencia del insomnio y el mal dormir en nuestra profesión, confirmada por mi reciente sondeo telefónico, es urgente que lo retomemos.

- Cenar ligero por las noches.
- Probar el aceite de CBD, recomendado por varios amigos de mal dormir.

[05:51]

Y aún me queda una última esperanza, una pequeña esperanza, una mínima esperanza, tal vez las escurriduras de la esperanza pero no renuncio a ellas, ahora que está a punto de amanecer, que termina esta larga noche, larga noche de piedra, pienso que me queda una última esperanza: en tres meses y medio se cumplirá un año de nuestro primer encuentro, un año desde aquel viaje y aquel hotel y aquel bar cerrado y aquella ciudad por la que paseamos de noche. No recordaba la fecha exacta, pero la recuperé en mi agenda. En tres meses y medio se cumplirá un año, me da risa decir aniversario, el aniversario de nuestro encuentro, de nuestra primera noche juntos. Vals de aniversario, nada hay tan dulce como una habitación para dos. Alguna vez, hablando al filo del sueño, bromeamos sobre ello, creo recordar que bromeamos a media voz: cuando llegase el aniversario, cuando se cumpliese un año, regresaríamos al mismo lugar, nos volveríamos a encontrar allí; repetiríamos aquella cita paso a paso, la misma secuencia, teatralizada, incluso vestiríamos la misma ropa de entonces, nos diríamos las mismas palabras, seguiríamos idéntico paseo por la ciudad, nos sentaríamos en el banco frente a aquel templo, nos quedaríamos dormidos unos minutos, regresaríamos juntos al hotel, ahora sí de la mano, y dormiríamos toda la noche como la primera vez, bromeábamos con el juego de la repetición. Y esa es mi última esperanza: que cumplas tu parte del juego, que tú también acudas ese día de aniversario, vals de aniversario, nada tan dulce como una habitación para dos; que recuerdes la broma, la conversación que creo tuvimos alguna vez medio dormidos y medio despiertos, medio en broma y medio en serio, que lo recuerdes y acudas tú también ese día; que pienses que, pese a todo, nos merecemos esa noche; que te hayas guardado la fecha, reservado habitación y sacado los billetes de tren con antelación; que mientas de nuevo a Óscar, si es que seguís juntos, si no os habéis separado; que viajes a aquella ciudad con la misma excitación con la que yo llegaré en otro tren, incluso en el mismo tren, en vagones diferentes, mezclados con los viajeros al llegar a la estación, entrando en el hotel con pocos minutos de diferencia, o reconociéndonos en el vestíbulo pero disimulando como si no nos hubiéramos visto para no estropear la broma. Pasaremos el día cada uno en nuestra habitación, sin nada que hacer, sin reuniones de trabajo, cansados, con sueño atrasado de tanto tiempo sin dormir bien, tanto tiempo sin dormir juntos, y sin haber dormido nada la noche antes por los nervios del encuentro; pasaremos la tarde en nuestras habitaciones, intuyendo nuestra presencia próxima y a la vez temiendo que el otro no haya acudido, dudando de si ha sido una buena idea ese viaje; cada uno en su habitación, yo sentado en la cama, sin importarme ya estar en un hotel, sin sentir ya repugnancia porque otras personas hayan apoyado la cabeza en la misma pared ligeramente ennegrecida, sin pensar en quienes hayan dormido o follado en esas mismas sábanas, sin ver sus huellas llenándolo todo como larvas, concentrado en anticipar nuestro inminente encuentro, viendo pasar las horas con la misma lentitud insoportable con que pasan en esta larga noche, hasta que por fin llegue la hora: la hora aproximada, pues no recordaremos la hora exacta de un año antes, después de la medianoche en cualquier caso. Me levantaré de la cama, me estiraré la ropa sobada del final del día. Saldré de mi habitación, con cuidado de no encontrarte antes en el pasillo o el ascensor para no estropear la broma. Bajaré hasta el vestíbulo, entraré en el bar donde el camarero estará terminando de fregar el suelo y volteando las sillas en todas las mesas salvo en una, la mesa donde yo me sentaré, la misma mesa de un año antes. Miraré la puerta. No haré otra cosa que mirar la puerta, atenderé al posible ruido del ascensor abriéndose en el vestíbulo, esperaré escuchar pasos, un ligero taconeo acercarse, y tal vez cierre entonces los ojos como los cierro en esta noche para verte, para recuperar aquella imagen inaugural, para verte con nitidez entrar en el bar, con la misma ropa formal, ropa de viaje de trabajo, pantalón, blusa y chaqueta, que en la mañana luciría recién planchada y ahora vencida, tu escaso maquillaje ya agrietado del final del día, no retocado, para que sea idéntico a un año antes y muestre la misma derrota de entonces. Entrarás en el bar que huele a suelo fregado, me verás en la única mesa sin sillas volteadas, sentirás el alivio de encontrarme, de encontrarme despierto, de saber que no eres la única que no puede dormir en ese hotel, en la ciudad, en el mundo desde hace meses y que yo tampoco puedo dormir y por eso he venido, hemos venido, y yo seguiré con los ojos cerrados como los tengo ahora, escuchando tu taconeo acercarse, y no los abriré hasta que oiga tu voz, tu voz que hoy no puedo recordar pero que entonces reconoceré, claro que reconoceré, cuando me digas, por fin: no puedo dormir.

[05:55]

Un pensamiento asciende, estalla y se desvanece,
luego le toca al siguiente, luego al siguiente, y así.
Quizás un libro sobre el mal dormir
debería plantearse de esta manera.

David Jiménez Torres,
El mal dormir

Wild nights—Wild nights!
Were I with thee
Wild nights should be
Our luxury!

Emily Dickinson

AGRADECIMIENTOS

Cuando no puedes dormir, te sientes solo en la noche, te parece que todo el mundo duerme menos tú. Pero no es así. Algunas de mis noches de mal dormir debieron de coincidir con las de quienes contestaron a la pregunta «¿por qué no duermes?». Me confiaron sus desvelos y han sido decisivos para la escritura de esta novela: Cintia Albacete, Fabio Almeida, Almudena Amador, Scott Boehm, Ángela Camacho, Juanjo Castillo, Ángel Cervantes, Alfons Cervera, Carolina Damiá, Jesús *Kas* Díaz, Ana Rosa Diego, Juan Antonio Domínguez, Marta Domínguez, Olga Elwes, Estrella Escriña, Daniel Fernández, Marcos Fernández, Santiago F. Patón, Paco Ferrándiz, Ana Gallardo, Paco Goyanes, Nahir Gutiérrez, Antonio Jaén, Frank Janke, José Manuel López, Alejandro Luque, Manuel Machuca, Elly van der Maesen, Paqui Maqueda, Manel Muntada, Inés Muñoz, Saúl Ortiga, Azahara Palomeque, Estefanía Pérez, María José Pérez, Isabel Pino, Elena Ramírez, Olivia Rosa, Sara Rosa, Víctor Sampedro, Marta Sanz, Raquel Torres, Bénédicte Vauthier y Marta Velasco. Estoy en deuda con todos ellos, y me siento menos solo en las malas noches.

Además quité horas de sueño a mis lectores de confianza, que mejoraron mi manuscrito con sus comentarios: Rosario Izquierdo, José Manuel Arrante, Antonio Rosa, Marta Sanz, Jesús Carrasco y, siempre, Elena Ramírez.

Tampoco habría podido escribir la novela sin quienes han pensado mucho más y mejor que yo sobre el dormir, el mal dormir, el malestar en general y otros asuntos colaterales. Por estas páginas circulan ideas leídas a, entre otros, Javier Albares, Pablo Barrecheguren, Jonathan Crary, Marie Darrieussecq, Jorge Freire, Samantha Harvey, David Jiménez Torres, José María Merino, Henry Nicholls, Jenny Odell, Matthew Walker y Remedios Zafra. A todos, gracias. Y buenas noches.